漱石と戦争・植民地

満州、朝鮮、沖縄、そして芸娼妓

関口すみ子

東方出版

まえがき

夏目漱石については多種多様な本が刊行されていますが、漱石が、それぞれの時代、政治状況でどのように考え、どう動いたのかという点ではそれほど研究は進んでいません。同時に、戦争や満州・朝鮮などに対する漱石の態度は、様々な文脈での雑多な言葉が引用されるため、とうてい確定にはいたっていません。

たとえば、「厭戦家」「厭戦文学」という見方が根強くありますが、『帝国文学』（一九〇四年五月号）に発表した新体詩「従軍行」では、「吾に讐《あだ》あり」、「傲《おご》る吾讐《わが》、北方にあり」とロシアとの戦いに決起するように訴えているのですから、漱石を全体としてこのように評することは明らかに誤りです。

では、実際の漱石はどうだったのでしょうか。本書では、戦争、満州、朝鮮、沖縄、さらに、芸妓（芸者）・娼妓などの問題に関する漱石の動きを、それが、どのような場面・状況での発言等であったのかを検討しながら具体的に見ていきます。

そして、結論として、漱石の「変化」ということを提起します。つまり、戦争を鼓舞する立場から、最終的には、戦争そのものを否定するところまで、一つ一つの事柄と格闘しながら進んでいった、言い換えれば、自分を変えていったということです。
ただし、より身近な沖縄、芸娼妓などの問題に関しては、必ずしもそうは言えません。
では、各章を見ていきましょう。

第一章　漱石と戦争

「吾輩は猫である」「草枕」「野分」、新聞小説「三四郎」など初期の作品を中心に、漱石の戦争観がどのように変わり、それが作品にどう反映されているのかを探ります。

第二章　漱石と旅順、漱石と京城（漢城）――「満韓ところぐ〳〵」と「日記」のあいだ

一九〇九（明治四二）年九月、新聞小説「それから」を書き終えた漱石は、親友の中村是公（満鉄総裁）に誘われて満韓旅行に出ました。その報告である連載「満韓ところぐ〳〵」を漱石の「日記」と比較検討して、漱石が伝えようとしたこと、逆に、描かなかったことは何なのかを考えます。

第三章　漱石と朝鮮（1）

朝鮮に関わる漱石の足跡（作品や書簡など）を辿ります。
まず、「王妃の殺害」（朝鮮王妃・閔后の殺害）が「近頃の出来事の内尤もありがたき」事だ、という、正岡子規宛書簡にある漱石（二八歳）の恐るべき言葉とその意味を検討します。

第四章　漱石と朝鮮（2）

となると、この事件の先にある「韓国併合」を漱石はどう見ていたのかという問題が起こりますから、次に、「韓国併合」にいたる過程の漱石の手紙などを検討します。これは、漱石を「厭戦家」「厭戦文学」ととらえることがはたして適切なのかという問題とも関係します。

では、満韓旅行に出て、ハルビン駅での韓国の義兵（安重根）による伊藤博文（初代韓国統監）狙撃事件にまかり間違えば遭遇しかねなかった漱石は、この事件にどんな反応をしたのでしょうか。これを作品の中に探ります。

第五章　漱石と沖縄――見えない琉球

韓国・朝鮮と異なり、漱石作品には、沖縄・琉球への言及がありません。これは何故なのかを、漱石の朝鮮の描き方との対比で考えます。

なお、その最後で、「琉球処分」にいたる政治過程について論じていますが、これは、補論1の「大久保利通と「公娼」」と関係します。

第六章　漱石の感覚――「他者」の嗅ぎ分け
漱石の〝差別発言〟、なかでも、底辺の労働者に対する罵倒にも近い言葉をどう見るかという観点から論じました。

第七章　漱石の変化――夏目漱石は幸徳秋水をどう見ていたのか
「夏目漱石は幸徳秋水をどう見ていたのか」を考察し、その漱石が、いつ、どのように変化したのかを探ります。

第八章　漱石と娼妓、漱石と芸者
一八六七（慶応三）年に江戸で生まれた漱石は娼妓・芸者（芸妓）をどう見ていたのでしょうか。また、漱石作品には、娼妓・芸者がどう描かれているのかを検討します。

補論　近代公娼制成立をめぐる考察

補論1　大久保利通と「公娼」
「漱石と娼妓、漱石と芸者」に関連して、日本で公娼制が成立した過程について論じます。これは、拙著『近代日本　公娼制の政治過程』（二〇一六年）のはじめの部分（いわゆる征韓論政変の前後）を、大久保利通（初代内務卿）の動きという観点から整理したものです。

第五章「漱石と沖縄」の4と合わせると、二つで、日本政府の「公娼」問題、琉球問題の処理を、新政府の実質的統率者である大久保利通の動きという観点から見たものということになります。こうすると、公娼問題と琉球問題が地続きであることがわかります。

また、内務卿大久保、伊藤博文という軸を通じた、公娼問題、琉球問題、朝鮮問題の処理の仕方の連続性を多少とも明らかにできたのではないかと思います。公娼処理も、琉球処理も、大久保が手がけて伊藤が引き継いだものです。

補論2　日本の近代公娼制成立と大英帝国駐日公使パークス

公娼制をめぐる大久保利通と大英帝国駐日公使パークスとの関係、言い換えれば、日本において近代の公娼制がつくられていくうえでの、東アジアの国際環境を探ります。

なお、「満州」「京城」は、歴史が刻印された政治性の強い言葉ですが、漱石の意識、当時の日本からの視線を対象にするという本書の観点から、変更せずに用いました。

漱石と戦争・植民地――満州、朝鮮、沖縄、そして芸娼妓●目次

目次

凡例

一、漱石作品の引用に際しては、夏目金之助『漱石全集』(岩波書店、一九九三―一九九九年)の、たとえば第一巻を「①」と略記し、その後に頁数を示した。また、文庫などの他の版から引用する場合は、注で記し、文中の数字で章を示した。

一、引用に際して、ふりがなを付したり省略した箇所がある。また、ふりがなは現代仮名遣いとした。

一、法文等の引用の際に、読みやすさを考慮して句読点を補った箇所がある。

一、年月日の表記は、改暦以前の月日は陰暦での表記とした。たとえば、明治五年六月四日(一八七二年七月九日)、明治五(一八七二)年六月四日、明治五年六月四日である。改暦後は、たとえば、一八七三(明治六)年六月四日と表記した。

第一章　漱石と戦争――戦争観の変化

1. 日露戦争への賛同
2. 戦争観の変化
3. 勇者（と姫）の戦《いくさ》の物語
付　大塚楠緒子、杉村楚人冠、幸徳秋水の影響

1. 日露戦争への賛同

「従軍行」

東京帝国大学英文科講師の夏目漱石（金之助）が、『帝国文学』（一九〇四年五月号）に発表した新体詩「従軍行」は、「吾に讐《あだ》あり、艨艟《もうどう》吼《ほ》ゆる」と始まり、「讐はゆるすな、男児の意気」「讐は逃すな、勇者の胆」と詠い、そして、「傲《おご》る吾讐《わが》、北方にあり」（⑰531）と指し示すものである。

漱石は、日露戦争に批判的だったという見方も根強いが、このように、あの強大な敵・ロシアとの戦いに立ち上がろうと訴えたのである。

「戦後文界の趨勢」（談話）

戦争の終盤には、戦勝を寿《ことほ》いだ。「今回の戦争が始《はじま》つて以来非常な成功で、対手は名におふ欧州第一流の頑固で強いといふ露西亜である、それを敵にして連戦連捷《れんしょう》といふ有様」（㉕112）と語る（談話「戦後文界の趨勢」、『新小説』一九〇五年八月号）。

そして、「この反響は精神界へも非常な元気を与へる」と、日本の文学がこの勢いに乗って登場することを予言する。戦勝の勢いを、日本の文学の興隆のチャンスとしようという呼びかけである。

以上のように、ここまでの漱石は、戦争（直接にはロシアとの戦い）に賛同していたのである。

ちなみに、「吾輩は猫である・続」（同第二回。『ホトトギス』一九〇五年二月号）では、主人は「今年は征露の第二年目だから大方熊の画だろうなどと気の知れぬことをいって済《す》ましている」と、「征露」という言葉が使われている。「旅順が落ちたので市中は大変な景気ですよ」と「寒月くん」が水を向けると、「主人は旅順の陥落よりも女連《おんなづれ》の身元を聞きたいと云う顔」をしていると描くところに、熱狂には組みしないという姿勢を見せているに止まる。[1]

2. 戦争観の変化

「草枕」

ところが、「草枕」（『新小説』一九〇六年九月号）では、様子が違う。鄙びた温泉地に戦争の暗い影が深く射し込んでいるのである。

戦場へと見送られる「久一さん」に、「軍《いく》さは好きか嫌ひかい」と唐突に那美さんが聞く（一三）。「戦争を知らぬ久一さん」は、「出て見なければ分からんさ」と答える。もとより、「久一さん」に選択の余地はない。「死ぬ許りが国家の為めではない。〔中略〕まだ逢へる」と、「老人」は涙を浮かべ、「久一さん」は泣きそうになる。とはいえ、那美さんの方は、「わたしが軍人になれりやとうになつてゐます」とやけに威勢がいい。その陰で、落ちぶれた元の夫は、那美さんが渡した財布を手に満州へ出稼ぎに行く（一二）[2]。

「非人情」から「写生文」へ

なお、付言すれば、「草枕」冒頭で表明されている「非人情」という描き手のスタンスは、自然を観照するような眼を人間に対しても向けるということである。さらに言えば、（強い感情を引き起こすようなものでも）あたかも「芝居」（一二）を観るように、人間の営みを観る（できるだけ客観的に描く）ということである。

だが、「さすが非人情の余も」（一二）、冷静な語り手というスタンスから転げ落ちそうになる時がある。とはいえ、続く「久一さん」を見送る場面では、（それぞれの感情に分け入りながら）人々の心理を描き分けている。

そこには、「野分」発表直後に表明した「写生文」（『読売新聞』一月二〇日）というスタンス、すなわち、（対象に感情的に巻き込まれないで、距離をもって）「大人が小供を視る」態度で描くという立場に通じるものがある。

つまり、「草枕」の「非人情」は、最後で、のちの「写生文」のスタンスに近づいていく。言い換えれば、それは、社会的弱者への強い共感を土台にして写実的に描くということなのである。

「野分」

続く中篇「野分」（『ホトトギス』一九〇七年一月号）には、（社会を）「高く、偉《おお》いなる、公けなる、あるものゝ方《かた》に一歩なりとも動かすが道也先生の使命である」という「道也先生」が登場する。文学者「道也」の演説の内容は、いうなれば「文明の革命」（短篇「二百十日」〔『中央公論』一九〇六年一〇月号〕）を呼びかけるものであるから、戦争の問題に直接触れているわけではないが、戦争動員への抵抗がその前提としてあるはずである。

「三四郎」

さらに、新聞小説「三四郎」（東西両『朝日新聞』一九〇八年九月一日―一二月二九日）になると、もっと直截である。ほとんど冒頭から、「爺さん」が「旅順」という言葉に反応して、「自分の子も戦争中兵隊にとられて、とう〳〵彼地《あつち》で死んで仕舞つた。一体戦争は何の為にするものだか解らない。〔中略〕大事な子は殺される、物価《しよしき》は高くなる。こんな馬鹿気たものはない」（一）と、前後の脈絡もなくまくし立てる。[3]

他方、相手の「女」は、夫は呉で海軍の職工をしていたが、戦争中は旅順の方に行っていた、一旦帰ってきたが又大連へ出稼ぎに行って、ついには仕送りが途切れてしまったと身の上を語る。

「三四郎」がこれから向かう華やかな東京を描くにあたって、作者はこれだけのことは言っておきたかったのである。

以上からすると、「戦後文界の趨勢」（『新小説』一九〇五年八月号）と「草枕」（同一九〇六年九月号）の間で、漱石の戦争観に明瞭な変化が起こっている。

日露戦争への賛同・賞賛から、疑問、さらに批判的立場への移行があるのである。為政者・戦争立案者・それに連なる文明知識人の側にいた漱石は、兵士とその身内、無謀な戦争に狩り出されて苦しむ民衆の側に立ち位置を移すことにしたのである。

3．勇者（と姫）の戦《いくさ》の物語

他方で、漱石の戦争への賛同・賛美には独特の香りがある。勇者（と姫）の戦《いくさ》の物語、すなわち、ロマン（ロマンス）、騎士物語のそれである。ちなみに、漱石は、『文学論』（一九〇七年五月刊行）で「浪漫なるもの」について論じている（「表現の写実にして取材の浪漫なるものあり。取材の写実にして表現の浪漫なるものあり。両者共に写実なるものあり。両者共に浪漫なるものあり。」⑭388）。

「幻影の盾」

「幻影《まぼろし》の盾」（『ホトトギス』一九〇五年四月号）は、騎士ウィリアムと夜鴉《よがらす》城の姫クララの悲恋を描いたものである。これを「日露戦争を批判した厭戦小説」[4]とみる見方もあるが、より正確にいえば、語り継ぐべき戦《いくさ》という物語を前提に、男女の悲恋、なかでも、男女の死に別れ（さらに、この世の外での再会）を描く系列に入るものである。

いうなれば、勇者（と姫）の戦の物語である。ここで戦は、男性性の発露、男子の名誉のかかったものとして、つまり、勇者が受けて立つべきものとして、基本的には肯定されているのである。端的にいえば、〝正義の味方〟がついに立ちあがる騎士談である。[5]「男児の意気」や「勇者の胆」を詠いあげ、北方にいる「傲《おご》る吾《わ》讐《が》」に立ち向かおうと呼びかける「従軍行」も、この系譜に入る。つまり、たしかに日露戦争への決起を呼びかけるものなのだが、同時に、極めて物語的・文芸的なのである。

信乃と浜路の物語（『南総里見八犬伝』）

この種の文芸の源流として、悪者が跳梁するなかで、剣士ならぬ犬士たちが寄り集まってお家再興のために尽くす『南総里見八犬伝』（滝沢馬琴）があげられるであろう。そこでは、犬士、なかでも、信乃《しの》のお家への忠義とともに、幼なじみの浜路《はまじ》の死が、思い合う男女を生と死に分かつものとして、美しく描かれる（第三輯）。浜路の死は、信乃に対する貞節を媒介として大義に殉ずるものとして描かれ、信乃は、やがて、浜路を思わせる姫（浜路姫）と結ばれる。軍記物ではあるがきわめて女性の位置が大きいのである。

「百年《ももとせ》の後《のち》を冥土《よみじ》にて、俟《ま》ち侍らん」（第三輯巻の三）という言葉を信乃に残して死んだこの浜路は、「夢十夜」第一夜（『大阪朝日新聞』一九〇八年七月一日）の、「百年待つてゐて下さい」と言い残して死ぬ（そして、再生する）女に変わって現れる。他方、新聞小説「彼岸過迄」（「須永の話」）の千代子、「明暗」のお延などのヒロインは、「浜路」という原型からの展開としてとらえることができるのである。[6]

「趣味の遺伝」

これに対して「趣味の遺伝」（『帝国文学』一九〇六年一月号）は、「「人を屠《ほふ》りて餓えたる犬を救へ」と雲の裡《うち》より叫ぶ声」が響き渡った時、「日人と露人ははつと応へて百里に余る一大屠場を朔北《さくほく》の野に開いた」という「余」の空想から始まる。

そして、「余」の親友であり、「どこへ出しても」恥ずかしくない「偉大な男」である「浩さん」が、旅順要塞（松樹山《しょうじゅざん》）への突撃戦で塹壕の中に飛び込んだところ、機関砲（機関銃）掃射に遭って、「壕の底」で「ほかの兵士と同じ様に」冷たくなって死んでいたと続く。[7]

とはいえ、こうした〝身も蓋もない〟話を、駒込の寂光院で「余」が出会った女性の話に接合する。そして、歴史を突き抜けていく男女の思い（趣味の遺伝）という枠組みに掬い上げようとする。

この、統合されているとは言い難い「趣味の遺伝」は、（凱旋の熱狂には組みしないとしても）老将軍と兵士たちへの押さえがたい感動と、帰って来ない戦士「浩さん」という現実との間で揺れ動く作者の気持ちを表しているのではないだろうか。

物語の終焉――旅順

じつは、愛し合う男女が戦《いくさ》で生（この世）と死（あの世）に別れる（が、女が男を呼ぶ）というイメージは、漱石が旅順の「戦利品陳列場」（本書二七頁）でA君から聞いて頭に残ったという、「地が繻子で、色は薄鼠」の「女の穿《は》いた靴の片足」と、戦争終了後にそれを観て「非常に驚いた」ロシアの士官の話（「満韓ところぐ\」二三）にも漂っている。

言い換えれば、勇者（と姫）の戦の物語という漱石の想像力の源泉であった表象は、旅順の「戦利品陳列場」まで行き着いて、そして、おそらくここで終焉を迎えたのである。

つまり、これまでの戦争観、戦の描き方に作家はついに別れを告げた。

同時に、漱石は「旅順」で、近代戦、つまり、技術と最新兵器、無尽蔵の動員、他方で、古めかしい戦術、将兵の志気の高さないしは従順さ、結果としての大量死という問題を目の当たりにした。換言すれば、近代兵器を駆使した日本の戦争において、兵士は、つまり、兵士に関しては、「犬や猫と同様」であった――「趣味の遺伝」冒頭で「余」が空想したとおり――ことを、旅順の地で確認したのである。

じつは、「吾輩は猫である・続」（『ホトトギス』一九〇五年二月号）には、「迷亭先生」の言葉として、静岡の母からの手紙に「僕の小学校時代の朋友で今度の戦争に出て死んだり負傷したものの名前が列挙してあるのさ。その名前を一々読んだ時には何だか世の中が味気なくなって人間もつまらないと云う気が起ったよ」とあった。徴兵と戦争（なかでも旅順要塞戦）、そして、それが及ぼす（とりわけ地方への）影響をじっと観てきた漱石は、自分の危惧が間違っていなかったと旅順で思い知ったのである。

付　大塚楠緒子、杉村楚人冠、幸徳秋水の影響

漱石の戦争観の変化に影響を与えた人物として、大塚楠緒子《くすおこ》、杉村楚人冠、幸徳秋水が考えられる。

大塚楠緒子

かつて、楠緒子は、あたかも漱石の「従軍行」（『帝国文学』一九〇四年五月号）に続くかのように、「進撃の歌」（『太陽』同年六月号）を発表した。それは、「進めや進め一斉に」と始まり、「一歩も退くな身の耻ぞ」と戒め、そして、「旅順の海に名を挙げし」「海軍士官が潔よき　悲壮の最後を思はずや」、「如何で劣らむ我も又　すめらみ国の陸軍ぞ」と、陸軍兵士の身になって「進撃」を謳うものであった。

ところが、その楠緒子は、「お百度詣で」（『太陽』一九〇五年一月号）で、「ひとあし踏みて夫《つま》思ひふたあし国を思へども　三足《あし》ふたたび夫《つま》おもふ　女心に咎《とが》ありや」と、旅順陥落（同年一月一日）に日本中が沸く渦中で「女」の立場から勇気ある問いかけをしたのである。

このことは、漱石にとって小さな問題ではなかったはずである。「お百度詣で」で（言い換えれば、おそらく「旅順」要塞戦で）楠緒子が戦争観を変えたことが、のちに漱石が「旅順」を焦点に戦争観を

変えていくことに影響したのではないだろうか。

なお、この点に関連して、拙著『漱石の個人主義』四六頁－四七頁で示した、漱石は大塚楠緒子の「お百度詣で」に衝撃を受けて「従軍行」を自嘲する小話を書きつけたのではないかという見方を撤回したい。発表された「従軍行」には小話にあるような「油断をするな士官下士官」という句はなく、むしろ、こうした「一瓢《ぴょう》を腰にして滝の川に遊ぶ類」（「断片」）の、つまり、まだまだ呑気な句を削除して、毅然として戦《いくさ》への決起を促す「従軍行」ができあがったと考えられるからである。

杉村楚人冠

漱石の戦争観が「戦後文界の趨勢」（『新小説』一九〇五年八月号）と「草枕」（同一九〇六年九月号）の間で明確に変化した要因としては、友人の社会主義者・杉村楚人冠《そじんかん》が凶作に見舞われた日露戦後の東北に取材した連載「雪の凶作地」（『東京朝日新聞』一九〇六年一月二五日－二月二〇日）から受けた衝撃が考えられる。

このあと「吾輩は猫である」では、第九回（『ホトトギス』同年三月号）で主人（苦沙弥）が東北救援の義捐金に応じ、さらに、第一〇回（同四月号）では主人の娘三人がそろって招魂社へお嫁に行ってもいいと言い出すのである。後者は作者の真意が疑われる表現ではあるが、（嫁も迎えないで死んでいった若者たちが気の毒だから）うちの娘でも差し出そう、という作者の軽い（？）冗談なのではないだろうか。

幸徳秋水

最後に、楚人冠の友人であり、社会主義者として同志でもある幸徳秋水（伝次郎）との関係を検討してみよう。

幸徳秋水と堺利彦（枯川）らは『万朝報《よろずちょうほう》』で戦争に反対する論陣を張り、同紙が開戦論を掲げると決然と退社した（一九〇三年一〇月）。そして、それにとどまらず、平民社を興して週刊『平民新聞』を発行し、創刊号（同年一一月一五日）の「宣言」に平民主義、社会主義、平和主義を掲げたのである。中篇「野分」（『ホトトギス』一九〇七年一月号）には、「道也」先生が登場する。（ただし、「先生」などと思っているのは、高柳君だけである。）

じつは、この「道也」、なかでも、その演説姿には、秋水の面影が感じられるのである。別の言い方をすれば、秋水を造形の材料にしているのではないかということである。（「野分」という小説はこうしたものが突然描かれたこと自体が驚異なのであるが、じつは、幸徳秋水という存在に触発されて、爆発的に出来上がったのではないだろうか。）

「道也」先生は、「社のもので、此間の電車事件を煽動したと云ふ嫌疑で引っ張られたもの」（「野分」一二）がおり、その家族の窮状を救うために神田「清輝館」で開かれた演説会で演説をする。

「電車事件」とは、一九〇六年に起こった東京府の電車賃値上げに対する反対運動であり、三月一五日のデモに対する鎮圧では多数の人々が逮捕・投獄された。ちなみに、サンフランシスコから戻った秋水が同年六月二八日、「直接行動」（総同盟罷工《ゼネラル・ストライキ》）を提唱したのが、「清輝館」ならぬ神田「錦輝館」

での日本社会党の演説会であった。[8]

秋水の痩せた風貌や、鋭い皮肉を武器にした演説ぶりは、速記者・小野田亮正（翠雨）の『現代名士の演説振』が伝えている。これを見ると、「野分」第一一章で演説する道也の姿には、多かれ少なかれ、秋水を思わせるものがある。

秋水は、「小柄な、顔面痩せて、〔中略〕淋気《さびしげ》のある、然も何処かに凄みのある、一寸《ちょっと》侵し難い容貌を持って居る」（同書）。他方、道也先生は、「ひよろながい」、「から〳〵の古瓢箪の如くに見える」。また、「当代の皮肉先生」（同書）といわれる秋水は、臨検の警察官を挑発し、手に汗握る駆け引きに聴衆を巻き込んでいく。

道也先生の演説の描写には臨検警官は登場せず、駆け引きの相手は、「蛇の如く鎌首を持ち上げて待構へてゐる」聴衆である。作者はこの駆け引きを「角力《すもう》」に喩える（「彼等に一寸の隙でも与へれば道也先生は壇上に嘲殺されねばならぬ。角力は呼吸である」）。道也は最後にはこの聴衆を巻き込んでしまう。なお、同書の刊行は一九〇八年八月、すなわち、「野分」の発表より後であるから、漱石が演説する秋水を直接目にした可能性もある。

ただし、高柳君と道也先生の間の齟齬――躊躇なく「公」（みんな）の問題に賭けられる「道也」と、「さうは行かぬ」高柳君[9]――が指摘されており、また、「文学者」白井道也と高柳周作の戦場は（社会という修羅場は同じだとしても）あくまで「文学」であり、求めるものは「文明の革命」（短篇「二百十日」）である。したがって、「道也」の演説内容は、（おそらく秋水の向こうを張った）「文明の革命」家

・漱石の演説とでもいうべきものになっている。
言い換えれば、漱石にとって秋水は、ついに見出した尊敬に値する同時代人、四歳年下のライバルであった。

注

1 「吾輩は猫である」の引用は新潮文庫（新潮社、一九六一年）による。数字で章を示す。
2 「草枕」の引用は、『日本文学全集9 夏目漱石集（一）』（新潮社、一九五九年）による。数字で章を示す。
3 「三四郎」の引用は、『日本文学全集10 夏目漱石集（二）』（新潮社、一九六二年）による。数字で章を示す。
4 水川隆夫『夏目漱石と戦争』（平凡社、二〇一〇年）、一〇二頁。
5 ただし、最後に物語の不可能性を示唆する点で、そこからの離陸を窺わせる。
6 拙著『漱石の個人主義――自我、女、朝鮮』（海鳴社、二〇一七年）、三〇五―三〇八頁。
7 「浩さん」は、「去年」一一月二六日一時開始の旅順要塞（松樹山）への総突撃で、旗持ちとして戦死したのである。（②199）
8 前掲拙著『漱石の個人主義』、二三八頁。
9 同前、一三〇頁。

第二章　漱石と旅順、漱石と京城（漢城）
――「満韓ところぐ〵」と「日記」のあいだ

1．漱石の旅順報告
2．描かれなかった韓国
3．連載切り上げと「クーリー」

一九〇九（明治四二）年夏、新聞小説「それから」（一九〇九年六月二七日－一〇月一四日）を八月一四日に脱稿した漱石は、満鉄（直接には親友の満鉄総裁中村是公）の招待で満州・朝鮮旅行に出かけることになった。九月二日に東京を発って、一〇月一七日に帰京する。

漱石の旅順、京城（漢城、現ソウル）体験はどのようなものであったのであろうか。連載「満韓ところ〳〵」（「満韓ところどころ」）を「日記」と比較することで探ってみたい。

1. 漱石の旅順報告

漱石の仕事としての「満韓ところ〳〵」（東西両『朝日新聞』一九〇九（明治四二）年一〇月二一日－一二月三〇日）の評価は芳しくない。否定的なものを別にすれば、従来ほとんど論評の対象になっていないのである。

とはいえ、「旅順」に関して、「日記」と「満韓ところ〳〵」を比べると注目すべきことがある。大連からの往復も含めて丸二日間の旅順訪問に、「満韓ところ〳〵」（五一回で切り上げ）で十回（二一回～三〇回）をあてているのである。

「日記」と「満韓ところ〳〵」からすると、[1]この二日間の行程は次のようなものであった。

九月一〇日朝、橋本左五郎（かつて大学予備門合格をめざして下宿していた時以来の仲間。今は東北大教授で蒙古まで調査に行く畜産学者）とともに大連を出発して、一〇時に旅順に着いた。

佐藤友熊（同じく予備門合格をめざして成立学舎で学んだ仲間。今は旅順の警視総長）に率いられて、この日はまず、山腹に作られた「戦利品陳列場」をある中尉（「A君」）の案内で見てまわった。民政長官の「白仁さんから正餐の御馳走になった」あと、大和ホテルに宿泊する。すでに前日から、「満洲日々の伊藤君」が泊まっていた。

翌一一日は、午前中「二百三高地」にのぼって「市川君」の案内で見てまわった。午後には、海、つまり、旅順港内を、海軍中佐「河野さん」の案内で小蒸気《こじょうき》に乗って見てまわった。そして、晩には、この日の朝、大連からやってきた「田中君」（満鉄〔南満州鉄道株式会社〕理事）にスキ焼きを御馳走になり、そして、翌朝は佐藤友熊に鶉《うずら》づくしを御馳走になって、大連へ戻ったのである。

戦利品陳列場では「A君」、二百三高地では「市川君」から、旅順要塞戦と「二百三高地」戦の体験談を聞いた。

旅順の市街・港・山

より詳しくみると、九月一〇日の「日記」には、大和ホテルの二階の部屋から望む「新市街は、廃墟の感あり。〔中略〕港は暗緑にて鏡の如し。古戦場の山を望む」とある。[2]

これが「満韓ところ〴〵」（二二回。以下「回」を省略）に、「旅順の港は鏡の如く暗緑に光った。港を囲む山は悉く坊主であった」、「丸で廃墟《ルインス》だと思」ったと描かれている。[3]

つまり、新市街は廃墟であり、港は暗緑の鏡のように光り、山々は丸坊主であったということである。

旅順要塞

山々に設置された砲台をめぐる攻防戦に関しては、「満韓ところ〴〵」（二五）に、「A君」から聞いた話がある。（彼の語る攻防戦は、東鶏冠山に設置された砲台に対して、はるか遠くからじりじりと――二ヶ月近くかけて――坑道を掘っていき、ついに攻め込んだ時のものである。）

その時両軍の兵士は、この暗い中で、僅《わずか》の仕切りを界《さかい》に、ただ一尺程の距離を取って戦《いくさ》をした。仕切は土嚢を積んで作ったとかA君から聞いた様に覚えている。上から頭を出せばすぐ撃たれるから身体《からだ》を隠して乱射したそうだ。それに疲れると鉄砲をやめて、両側で話を遣《や》った事もあると云った。〔中略〕あんまり下らんから、もう喧嘩は已めにしようと相談したり、色々の事を云い合ったという話である。

ここでは、戦争が、究極までいくと馬鹿馬鹿しいものであるということが体験者によって如実に語られている。

二百三高地

さらに、「日記」の九月一一日には、「八時二百三メートル」とある。八時に「二百三高地」へ迎えが来るという意味である。

続いて、「百七十四メートルの方激。味方の砲弾でやられる。その意味。」とある。これが「満韓ところぐ\」（二七）で、「市川君」の体験談を交えて次のように描かれている。

その時我々はもう頂《いただき》近くにいた。此処《ここ》いらへも砲丸《たま》が飛んで来たんでしょうなと聞くと、此処で遣られたものは、多く味方の砲丸自身のためです。それも砲丸自身のためと云うより、砲丸が山へ当って、石の砕けたのを跳ね返した為です。〔中略〕

味方の砲弾で遣られなければ、勝負の付かない様な烈しい戦《いくさ》は苛過《つらすぎ》ると思いながら、天辺《てっぺん》迄上った。

「二百三高地」をめぐる攻防戦は、頂近くになれば、「味方の砲弾で遣られなければ、勝負の付かない様な烈しい戦《いくさ》」であり、そんな戦は、「苛過《つらすぎ》る」のである。

さらに、「日記」には次のようにある。

第一線の苦痛。糧食の夜送。雨。水の中にしゃがむ。唇の色なし、ぶるぶる振う。馬がずぶずぶ這入《はい》る。

六月より十二月まで外に寐る。人間状態にあらず、犬馬也。血だらけ。

「満韓ところ〴〵」（二七）によれば、市川君は、「当時の日本軍がどう云う径路をとって、此処へじりじり攻め寄せたか」を生々しく語ったのである。

市川君の云う所によると、六月から十二月迄家根《やね》の下に寝た事は一度もなかったそうである。あるときは水の溜まった溝の中に腰から下を濡して何時間でも唇の色を変えて竦《すく》んでいた。〔中略〕今あんな真似をすれば一週間経たないうちに大病人になるに極《きま》っていますが、医者に聞いて見ると、戦争の時は身体の組織が暫らくの間に変って、全く犬や猫と同様になるんだそうですと笑って居た。〔後略〕

「六月から十二月迄」、つまり、七ヶ月間「家根の下に寝た事は一度も」なかったという。これらは、旅順要塞戦、続く「二百三高地」戦で、日本軍兵士の命など問題にならなかったことを、生き残った兵士の口を通して物語るものである。

旅順港

このあと午後は、海軍中佐「河野さん」の案内で、小蒸気に乗って五人（夏目、佐藤、橋本、田中、伊藤）で旅順港をくまなく見てまわった。

「河野さんの話によると、日露戦争の当時、この附近に沈んだ船は何艘あるか分からない。日本人が好んで自分で沈めた船丈でも余程の数になる。〔中略〕器械水雷などになるとこの近海に三千も装置したのだそうだ。」「じゃ今でも危険ですねと聞くと、危険ですともと答えられた」（「満韓ところ〴〵」二八）。「沈んだ船を引き揚げる方法も聞いて見たが、〔中略〕我々が眺めていた時は、いつ迄立っても、何も揚って来そうになかった。」

旅順港は、死の海と化していたのである。

「犬や猫と同様」――「人間状態にあらず、犬馬也」

以上のように、漱石の旅順報告は、およそ五年前の〝あの戦争〟の実態、旅順戦での戦争指揮、なかでも、兵士のおかれた「犬や猫と同様」の状況――総じて、〝あの戦争〟が現場・戦場でどのようなものであったかを如実に物語るものであった。

これは、国民（より具体的には、兵士と兵士を送り出した当事者）に知らされるべきものであった。「犬や猫と同様」になれなければ生き延びられない戦争、同時に、そうした戦争指揮であった、と。

換言すれば、漱石は、特派員、ジャーナリストとして、しかるべき役割を果たしているのである。

むろん、それは、新聞記者（従軍記者）の報道とは異質なものであった。

実際、こうした旅順戦を含む日露戦争は、たまたま「勝った」――偶然や、様々な社会的文脈、さらに天候等により――ことにより、後に行われる無謀な戦争・戦闘の原型・模範とされてしまった感がある。漱石のこうしたメッセージがしっかりと受け止められていれば、あるいは、多少とも違ったものになっていたのではないかと思わせられるのである。

だが、漱石のメッセージは読者の元に容易に届かなかった。一〇月二六日にハルビン駅で韓国の義兵（安重根）による伊藤博文（初代韓国統監）狙撃事件が発生したのである。掲載は、「伊藤公が死ぬ、キチナーが来る、国葬がある、大演習がある」（一一月六日付池辺三山《さんざん》宛書簡）で後回しにされ続け、その結果、「読者も満韓ところ〴〵を忘れ小生も気が抜ける」（同）という事態となった。一〇月二一日に始まった連載は、途中じつに二〇日休載され、そして、一二月三〇日（五一回）をもって終わるのである。

だが、この休載日数からすれば、じつは、漱石のメッセージは、読者にきちんと届けられなかったと言えるのではないだろうか。度重なる休載は伊藤博文狙撃事件とその後の諸事件の余波を受けたと片付けられてきたが、じつは、厭戦・反戦を濃厚に漂わせる漱石の旅順報告が（三山に）歓迎されなかったことも「休載」の一因ではなかったのだろうか。

談話「満韓の文明」「満韓視察」

ちなみに、漱石の帰国翌日に掲載された談話「満韓の文明」（『東京朝日新聞』一九〇九年一〇月一八日）、同様の「満韓視察」（『大阪朝日新聞』同日）では、「満韓を遊歴して見ると成程日本人は頼母しい国民だと云ふ気が起ります。従って何処へ行っても肩身が広くって心持が宜いです。之に反して支那人や朝鮮人を見ると甚だ気の毒になります。幸ひにして日本人に生れてゐて仕合せだと思ひました」（㉕368）という部分が、ほぼ冒頭にあるが、じつは、これは、漱石の（「談話」用の）草稿の前の方を大幅に削除したものとみられるのである。

そして、このことが、この「談話」に対する漱石の後年の躊躇の一因ではないだろうか。この談話が掲載された単行本『枯木』（本間久著）では、第三刷本で、「私の筆のやうに思はれそうにて宜しからず」と漱石が言ってよこしたと、（「胃腸病院より来信の一節」として）紹介されているのである（『漱石全集』第二五巻「後記」。㉕605）。

『東京朝日新聞』（主筆池辺三山）と『大阪朝日新聞』（主筆鳥居素川《そせん》）は日露戦争の主戦派であったから、筆者と新聞社との間に小さくはない齟齬があったのではないだろうか。

ちなみに、「満韓ところ〴〵」に対しては、「満韓」の話を、「揃いも揃った馬鹿の腕白」（一四）の話に還元してしまったという批判が可能であるが、少なくとも旅順訪問の報告に関していえば、友人知人たちは、むしろ箸休めとして登場させられている。成立学舎以来の旧友・佐藤友熊の話（二二）、橋本と漱石の演説の話（二七）、田中とスキ焼きの話（二九）、佐藤と鶉の話（三〇）は旅順訪問の途中・前後に配置されて、読者を楽しませる、いわば閑話休題になっている。言い換えれば、作者は「旅順」の話を読者に伝えようと工夫をこらしているのである。同時に、満鉄「総裁」中村が、大学予備門以来の親友「是公《ぜこう》」と紹介されるなど、満鉄及びそれに連なる人々が、親しみのある友達として読者に紹介されるのではあるが。

2．描かれなかった韓国

漱石は、「茲処まで新聞に書いて来ると、大晦日になった。二年に亘るのも変だから一先やめる事にした」と宣言して、「余」が撫順の炭坑の奥底へ降りていくところで連載を終わってしまう（一二月三〇日）。

　年末で打ち切ってしまったのは、寺田寅彦への手紙（一一月二八日付）にあるように、掲載が後回しにされて癪に障る、あるいはまた、一一月二五日に創設した文芸欄の仕事に専念したいということもあったであろうが、それにしても、奇妙な終わり方である。

　むろん、「日記」によれば九月三〇日夜には着いて（仁川、開城訪問も含めれば）二週間もその近辺にいた京城についても、描かれていない。

　漱石は、京城で一〇月七日から「鈴木の家」で一、二泊するつもりであったが、妻の親戚筋[4]にあたる「穆《しずか》さん」と「鈴子さん」の「鈴木夫婦」に気持ちよく迎えられ、結局六泊して、一三日の朝、南大門から発つことになるのである。そのかん、「主人」と夜中までじっくり話す機会もあった。「鈴木」はちょうど新築の官舎に移ったところであった。それは、「立派な清潔な家」で、「穆さんは馬を二頭持つてゐる。日本なら男爵以上の生活だ」と漱石は妻鏡子に書き送った（一〇月九日付書簡）。だが、「鈴木」はたんなる私人ではなかった。統監府の幹部（司税局長）であったのである。

言うまでもなく、初代統監が伊藤博文である。漱石が帰京して十日め、伊藤に向けられた至近距離からの銃口は、伊藤に随行していた者たちにも向けられた。是公、すなわち、満鉄総裁は紙一重で難を免れたものの、満鉄の田中理事、すなわち、スキ焼きをご馳走してくれた「田中君」が負傷した。

戦争の悲惨さ、戦場の壮絶さは——そして、ついには、その馬鹿馬鹿しさ・滑稽さまで——「旅順」を見た以上、わかっていた。だが、旅順の争奪戦は、たんに、目の前の陣地の取り合いにとどまらなかったのである。平たくいえば、勢力圏、南満州と朝鮮を日本が手にすることに直結していた。

それにノーというには、漱石はすでに、そこにいる日本人の中に首まで埋まっていた。鈴木をはじめ、旅行者・漱石のまわりは、ほとんどすべて、そうした人間たちであった。生え抜きのエリートではないが、破天荒な行動力には事欠かない漱石の友人たちは、帝国の開拓者・管理者・支配者としてうってつけであったのである。彼らは帝国の末端・辺境に散らばって就職先を見つけ、そこで活動していた。漱石にとっても、旅先で、今や活躍している昔の仲間の世話になるのはうれしいことであったに違いない。あの狙撃者が現れる（追いかけてくる）までは。

撫順以降――ハルビンはもとより、韓国――について、漱石は、描きたくなかったし、描くこともできなかったのではないだろうか。

3．連載切り上げと「クーリー」

連載の切り上げが唐突であるばかりなく、炭坑の奥底へと降りていくところで終わるのも、また、唐突である。

「満韓ところぐ〵」四回で「支那のクーリー」の有り様をこれでもかと描きまくり、「クーリー団は、怒った蜂の巣の様に、急に鳴動し始めた」と描き、ついには、「鳴動連」とまで命名した漱石は、一七回では、手のひらを返したように、豆の袋を三階まで背負《しょ》ってくる「クーリーは大人しくて、丈夫で、力があって、よく働いて、ただ見物するのさえ心持が好い」という。「この素裸なクーリーの体格を眺めたとき、余は不図漢楚軍談を思い出した」とまでいう。そして、「クーリーは実に美事に働きますね、且《かつ》非常に静粛だと、出掛に感心」したという。

動から静（不動）へ、騒から静（静粛）へ表象は移り、同時に、蔑視から賞賛へ視線は変わっている。（とはいえ、他者の表象を好き勝手に描く点で、オリエンタリズムに変わりはないではないかともいえるが。）

じつは、「どうしてああ強いのだか全く分りません」といわれる「クーリー」こそ、忽然と現れて襲いかかる馬賊、そして、あの狙撃者のイメージに近づいている。

漱石は、二階へ上がってはるか下をのぞき込むと、そこで、「この中に落ちて死ぬ事がありますか」と案内に聞いた。案内は平然と応えたが、「余は、どうしも落ちそうな気がしてならなかった」という。

ちなみに、新聞小説「坑夫」（一九〇八〔明治四一〕年一月一日―四月六日）でも、坑道の奥は暗く、ここは地獄の入口だと言われた「自分」は、はるか下の「すのこ」へ放りこまれるのではないかという恐怖に襲われたのである。

漱石が炭坑で降りていった先を描いていたとしたら、その奥深くで働いていた者たちは、「鳴動連」でないとしたら、「坑夫」で描かれた「坑夫」たちであったか、あるいは、「大人しくて」「非常に静粛」な「クーリー」たちであったのか。後者であるとしたら、音もなく馬賊に変身し得るような、「中国人」とその男性性・強さへの恐怖を漂わせるものであったに違いない。

注

1　東京大学へ入学する準備課程としての学校。のちの第一高等中学校、さらに第一高等学校。

2　日記の引用は、平岡敏夫編『漱石日記』（岩波書店、一九九〇年）による。

3　「満韓ところぐ〵」の引用は、藤井淑禎編『漱石紀行文集』（岩波書店、二〇一六年）所収の「満韓ところどころ」による。

4　漱石の妻鏡子の妹の夫である鈴木禎次の弟。

第三章　漱石と朝鮮（1）――「王妃の殺害」

1．「近頃の出来事の内尤もありがたきは王妃の殺害」
2．殷紂・妲己の物語

1.「近頃の出来事の内尤もありがたきは王妃の殺害」

一八九五（明治二八）年一一月、夏目金之助（漱石、二八歳）は親友の正岡子規に、「近頃の出来事の内尤もありがたきは王妃の殺害」と書き送った。

仰せの如く鉄管事件は大に愉快に御座候。小生近頃の出来事の内尤《もっと》もありがたきは王妃の殺害と浜茂の拘引に御座候。（一一月一三日付書簡、句点引用者。㉒88）

「浜茂の拘引」とは、「鉄管事件」という汚職事件が摘発され、逮捕にまでおよんだことであり、それが「大に愉快」だということである。これと並んで、「王妃の殺害」が、自分にとって「近頃の出来事の内尤もありがたき」事だと漱石は子規に伝えたのである。朝鮮の王妃（高宗の后《きさき》、閔《ミン》后）の殺害（一〇月八日）をありがたいと評する、恐るべき発言である。

じつは、こうした感想は漱石一人のものではない。この言葉は、漱石らが、〝政治に容喙し国を傾ける女は成敗されてしかるべきだ〟という、当時、新聞等のメディアの少なからぬ部分が煽っていた言説の中にいたことを意味する。

たとえば、子規が編集に加わっていた新聞『日本』は、「廃后の企」（一八九五年一〇月二六日付）で、

「金玉均朴泳孝」らによる「明治十七年の変乱」（甲申事変、一八八四年一二月四日）を、「閔族の専私」への止むを得ない対応という文脈で語り（「半島にも亦憂国の志士なきに非ず、閔族の専私彼の如く、国勢の紛乱彼の如くなるを坐視するに忍びず」）、さらに、クーデターに失敗して日本へ逃れた金玉均らに「閔后」が再三刺客を送ったと伝え（「閔后も亦夙に之を熟知せり、〔中略〕現に刺客を我国に送り金朴両氏を刺殺せしめんとせしこと一再にして止まらず」）、それゆえ、「廃后の企は一朝一夕の事に非ず」と論じていた。言い換えれば、「廃后の企」、すなわち、王妃の殺害に拍手を送っていたのである。

ちなみに、英国の駐清公使（朝鮮駐在公使を兼任）ハリー・パークスは、宮殿での祝宴に参列中に金玉均らのクーデターに巻き込まれたW・G・アストン（朝鮮総領事）に次のように書いている。「金玉均は何というひどい悪漢だろうか。私たちが王に親謁を賜ったとき、特に腹心だといわれた四人のうち三人を殺した。しかも金はその四番目だったのです。かわいそうに、ミン・ヨンイクと、ミン・タイホが凶刃に倒れるとは。金は無事に日本に脱出したという。彼は断頭台に送らるべきだ」（一八八五年一月一七日付書簡）[1]。また、その際、「李鴻章が言っているように」、「フット夫人」が「王妃に会い、陰謀者を弾劾する言葉を聞いたというのは本当ですか」と問い、あなたは「女妃のことを書いていないが、彼女の無事を祈る」としている。なお、「ミン・ヨンイク」は王妃の甥である。[2]

以上のように、金玉均とそのクーデターの評価が、『日本』とパークスとでは正反対なのである。したがって、上海での金玉均の暗殺（一八九四年三月）、さらに、閔后の殺害の評価も正反対になり得るのである（ただし、パークスは、一八八五年三月病没している）。

2. 殷紂・妲己の物語

『日本』は、「閔族の専私彼の如く、国勢の紛乱彼の如くなるを坐視するに忍びず」、「憂国の志士」が決起した（そして、ついに「閔后」を成敗した）と語る。こうした言説は、儒教の経典である『書経』や司馬遷の『史記』にその起源をたどれるものである。

その昔、殷王朝の紂王を倒そうとした周の武王は、牧野の戦いで諸侯を前に言い放った。「古人言へる有り、曰く、牝鶏《ひんけい》は晨《あした》する無し。牝鶏の晨するは、惟《これ》家の索《つ》くるなりと」（『書経』牧誓）。古の人も言ったように、雌鶏は暁を告げないものだ、雌鶏が暁を告げると家は尽きる——言い換えれば、女が主導権を握っているあの家は滅びるという断言である。美女に牛耳られた王を倒し、国を乱す悪女を滅ぼして、正義を実現するのだという誓いでもある。

この、悪逆非道とされる殷の紂王とその妃妲己《だっき》の物語は、『書経』『史記』（殷本紀）をはじめとする、儒学・史学の伝統の中に脈々と息づいている。[3]

日本の江戸時代では、最大級の存在感を持つ作品『南総里見八犬伝』（滝沢馬琴。一八一四－一八四二年）中の、国主の寵愛をほしいままにし、やがて里見家に取り憑くことになる妖婦「玉梓《たまづさ》」[4]、あるいは、また、『絵本三国妖婦伝』（高井蘭山。一八〇三－一八〇五年）中の、「白面金毛九尾の狐」が次々と化けた王の寵姫たち（殷の妲己・天竺の華陽夫人・周の褒姒・日本の玉藻前）[5]が、こうした美女・悪女の大衆版《ポピュラー・ヴァージョン》である。

明治維新（「御一新」）にいたる過程では、この手の眼差しが、ついには徳川幕府に向けられた。御公儀・幕府は、御威光を放つ、大名を威圧する存在から、〝女に牛耳られた〟、腐った、弱い連中、すなわち、猜疑と侮蔑の対象に転落したのである。その帰結は、「倒幕」は必要であり、可能でもあるということであった。

こうして勝ち上がった勢力が、「御一新」後、同様の眼差しを、周辺の王国、なかでも、朝鮮（閔后）や中国（西太后）等に向けることになるのは想像に難くない。

なお、『南総里見八犬伝』は、活版印刷の導入により、明治期になって爆発的に広まった。ちなみに、漱石の言葉より後のことになるが、『絵本三国妖婦伝』が収録された『絵本稗史小説』第一集（博文館、一九一七年）は、六月の発行から翌年三月までの一〇ヶ月で、じつに一四版を重ねている。[6]

言い換えれば、「旧幕」時代の――具体的には古代中国の――価値観が、批判され、乗り越えられることもなく、日本で明治期に入って、活版印刷という近代的な技術に乗って爆発的に広まったのである。こうして肥大化し、拡張された言説は、「帝国主義」と軍隊の時代に、他国（わけてもそこを率いる女性）に対する暴力を正当化する、極めて危険な、かつ、わかりやすい装置となった。

西欧化・文明化の最先端である帝国大学に連なる、まれに見る秀才であるはずの若き漱石と子規のコンビも、こうした発想・思想から自由ではなかった、それどころか、どっぷりと浸かっていたのである。

注

1　一八六五年から一八年間駐日公使を務めたパークスは、一八八三年駐清公使となり、翌年三月朝鮮駐在公使を兼任した。

2　F・V・ディキンズ『パークス伝』（高梨健吉訳、平凡社〔東洋文庫〕、一九八四年）、二一八頁。

3　拙著『御一新とジェンダー――荻生徂徠から教育勅語まで』（東京大学出版会、二〇〇五年）、六－七頁。

4　同前、一六〇頁。

5　「唐土《もろこし》殷の紂王の后妲己と変じ、紂王を蕩かして国を亡ぼし、夫より天竺に渡りて班足《はんぞく》太子の愛妃華陽夫人と号し、政道を擾《みだ》り再び唐土に帰り、周の幽王の后褒姒となり周室を傾け、其後日本に来り玉藻前《たまものまえ》と現じ、鳥羽院の玉體に近寄奉りし……」。同前、一五九頁。

6　拙著『管野スガ再考――婦人矯風会から大逆事件へ』（白澤社、二〇一四年）、四〇頁。

第四章　漱石と朝鮮（2）

――「朝鮮の王様」、「朝鮮の統監府にいる友人」（「それから」）、他者の視線、宗助（「門」）のうめき、「小林」と「吉川夫人」（「明暗」）

1. 「朝鮮の王様」、「朝鮮国王の徒」
2. 「朝鮮の統監府にいる友人」（「それから」）
3. 他者の視線
4. 宗助（「門」）のうめき
5. 「小林」と「吉川夫人」（「明暗」）

1.「朝鮮の王様」、「朝鮮国王の徒」

「朝鮮の王様」

第二次日韓協約（一九〇五年一一月）を元に、統監及び統監府が設置されたのが一九〇六年二月。翌七年六月には、この協約の無効を訴えるため、高宗がハーグの万国平和会議に特使を送り込もうとして果たせなかった。七月三日、伊藤（統監）が高宗にその責任（協約違反）を追及し、一九日、高宗は譲位する。これを知った漱石は、この日、次のように反応している。

> 朝鮮の玉《（王）》様が譲位になつた。日本から云へばこんな目出度事はない。もつと強硬にやつてもいゝ所である。然し朝鮮の王様は非常に気の毒なものだ。世の中に朝鮮の王様に同情してゐるものは僕ばかりだらう。あれで朝鮮が滅亡する端緒を開いては祖先へ申訳がない。実に気の毒だ。（一九〇七年七月一九日付小宮豊隆宛書簡。㉓85）

日本としては「もっと強硬にやってもいゝ所である」、他方、「朝鮮の王様は非常に気の毒」である、何故かと言えば、自分の代で国を滅亡させてしまっては「祖先へ申訳がない」からである。

漱石は、高宗の譲位だけでなく、「もっと強硬にやってもいゝ」と言う。数日後（二四日）、第三次日韓協約が締結され、韓国の内政全般を日本が掌握し、軍隊を解散させた。こうした流れが漱石の感覚に反するものだったとは思われない。

「余計な事をいふ奴は朝鮮国王の徒だ」

続いて、初めての新聞小説「虞美人草」（一九〇七年六月二三日−一〇月二九日）の評判が芳しくないことに苛立って、「わからんものどもはだまつてゐれば好い」「余計な事をいふ奴は朝鮮国王の徒だ」と弟子小宮に言い放つ。

虞美人草について世評はきかず。みんなが六《む》づかしいと云ふ。凡てわからんものどもはだまつてゐれば好いと思ふ。それが普通の人間である。余計な事をいふ奴は朝鮮国王の徒だ。況んや漱石先生に如何程《いかほど》の自信あるかを知らずして妄りに褒貶上下して先生の心を動かさんとするをや。（同年八月三日付小宮豊隆宛書簡。㉓98）。

「虞美人草」に対する「むずかしい」「わからない」という声に苛立って弟子に怒りをぶつけたという文脈ではあるが、漱石は、一連の事態は高宗の協約違反が引き起こしたものであるとでも言いたげ――日本政府がそう思わせたかったように――である。

以上見てきたように、ここまでの漱石は、親友正岡子規に向かって王妃の殺害を「小生近頃の出来事の内尤もありがたき」事と伝え、また、高宗の譲位を知って、弟子小宮豊隆に、「日本から云へばこんな目出度事はない。もっと強硬にやってもいゝ所である。然し朝鮮の王様は非常に気の毒なものだ」という感想をもらし、さらに、第三次日韓協約締結のあと、「わからんものどもはだまつてゐれば好い」「余計な事をいふ奴は朝鮮国王の徒だ」と小宮に怒りをぶつけた。

発話の相手は、親友及び親しい弟子である。ある程度共通の認識があり、また、自分を受け入れてくれ、反論してこないと見越して、感情を吐露し、思いきった言葉をぶつけているのである。

2.「朝鮮の統監府にいる友人」（「それから」）

漱石の朝鮮への関心は、妻・鏡子の親戚筋（妹婿の弟）である鈴木穆《しずか》との関係によるところが大きい。つまり、身内のつき合いに関わるものである。同時に、鈴木は韓国統監府の高官であるから、はじめから極めて政治的・時事的なものをはらんでいた。

一九〇九（明治四二）年四月五日の日記に、「鈴木の葬式」に行った「細君」のことがあり、ここではじめて「鈴木の穆さん」が出てくる。「細君鈴木の穆さんより二十五本入のマニラ価十五円程のものをもらつて帰る。穆さんが朝鮮から持つて来たものださうだ」（⑳19）と。朝鮮から来た「穆さん」は、漱石にささやかな贅沢を味会わせてくれる人間でもある。

一四日には鈴木自身がやって来た。「昨日鈴木穆来。色々朝鮮の話を聞く」（一五日）。「物騒な頃謁見の為め参内した模様は面白かつた」と、漱石は無邪気にまとめる。

韓国を保護国とした第二次日韓協約（乙巳条約、一九〇五年一一月）を元に、統監（伊藤博文）及び統監府が設置された（また、この協約で韓国の外交権が日本外務省の管理下におかれた）のが一九〇六年二月。翌七年六月には、高宗が万国平和会議に特使を送り込もうとして果たせず、七月三日、伊藤（統監）が高宗の責任を追及し、一九日、高宗は譲位する。数日後、第三次日韓協約が締結された。

こうした「物騒な頃」のどこかで、鈴木は、「謁見の為め参内した」のである。漱石はその模様が「面白かつた」という。

一九〇九年五月末に執筆開始した「それから」には、「代助はやがて書斎へ帰つて、手紙を二三本書いた。一本は朝鮮の統監府にいる友人宛で、先達《せんだつ》て送つて呉れた高麗焼の礼状である。」（⑥71）とある。朝鮮へ帰ってからも、鈴木は漱石の気に入りそうなものを送ってくれたのであろう。

満韓遊歴に出た漱石は、京城（漢城）では、一〇月七日から「鈴木の家」で一、二泊するつもりであったが、日本では味えない快適な生活が気に入り、結局六泊して、一三日の朝出発することになる。

なお、新聞小説「門」には、「前の本多さん」という隠居夫婦（七）が描かれており、この慎ましい夫婦は、「息子が一人あつて、それが朝鮮の統監府とかで、立派な役人になつてゐるから、月々其方の仕送で、気楽に暮らして行かれるのだ」（⑥433）とされている。「息子」とは、この穏やかな「鈴木」

を念頭に置いたものであろう。

「閔妃墓」・「韓人は気の毒なり」・「朝鮮人からだまされたものあり」

日記によれば、一〇月五日、「閔妃墓」を五人で見に行っている。風景のみで、漱石が何を考えたのかは書かれていない。

この日の夜、料理屋に招かれて行くと盛大な宴会になり、揮毫をしてくれと迫られて、早々に宿へ引き上げ、教え子など数人と話をする。

「矢野」は、「従来此所で成功したものは、贋造白銅、泥棒と○○なり」と言い、その例として、「期限をきつて金を貸して期日に返済すると留守を使つて明日抵当をとり上げる」(⑳131)などのあくどい手口を並べた。(矢野義二郎は、松山中学、五高時代の教え子で、統監府の通信管理局に務めていた[1]。一〇月二日夜漱石が京城へ着くと早速会いに来た。三日の朝も来て、「四五日休暇を取っても案内せんと云ふ」。「閔妃墓」にも同行した。)

「余、韓人は気の毒なりという。山県賛成。隈本も賛成。」と、漱石は断乎とした口調で書く。

ところが、七日から「鈴木の家」に泊まった漱石は、唐突に、「朝鮮人を苦しめて金持となりたると同時に朝鮮人からだまされたものあり。」(九日)と書くのである。夜は遅くまで起きているから、「鈴木」と話したのであろう。

3. 他者の視線

鈴木を通して朝鮮の話を聞いていた漱石にその自覚は乏しいのだが、親友に誘われるまま出掛けていき、そして、京城では友人の快適な家に泊めてもらっただけのはずの満韓旅行は、その親友とは満鉄総裁中村是公であり、友人とは統監府高官鈴木穆であるという単純な事実によって、別の意味を持ち得る。

その別の見方、別の世界を叩きつけたのは、ハルビン駅での義兵（安重根）とのすんでのところでの遭遇（異常接近《ニア・ミス》）であったのではないだろうか。

義兵による伊藤博文射殺そのものは、次の新聞小説「門」（一九一〇年三月一日–六月一二日）の主人公・宗助は他人事として受け止めている（三）。おそらく、作者もそうであったのであろう。だが、「現に一ヶ月前に余の靴の裏を押し付けた」（「満韓所感」、『満州日日新聞』一九〇九年一一月五日付）プラットフォームで、命を賭して伊藤を狙撃した義兵がいたこと、しかも、倒れかかる伊藤を親友・是公が抱いていた等の事実は、漱石に自分のいる場所・位置を自覚させずにはおかなかったのではないだろうか。

安重根の陳述を含む公判速記録が送られて来たとあっては、なおさらである。漱石の蔵書中には『安重根事件公判速記録』（一九一〇年三月二八日、満州日日新聞社）があり、それには、「材料として進呈

夏目先生　伊藤好望」という贈呈者からの書き入れがある。『満州日日新聞』の伊藤幸次郎（好望）から送られてきたものである。[2] 漱石は、手にとらずにはおれなかったであろう。

『速記録』は裁判（旅順）での関係者の発言をすべて速記したもので、安重根は、「皇后を伊藤統監其ものが日本の沢山なる兵力に依つて殺害した陰謀」を挙げ、七ヶ条の条約（第三次日韓協約）は伊藤公が韓国の宮中に参内して脅迫によって締結させたものである等を訴えた。[3]

安重根の言葉は、「謁見の為め参内した」鈴木の話を面白がって聞いていた漱石を射貫いたであろう。漱石は、日本と日本人が、朝鮮と朝鮮人から大々的に収奪しており、ついには韓国という国まで奪いつつあるという声に直面するのである。

4. 宗助（「門」）のうめき

「門」では、後の方（一六）で、すんでのところでの「安井」との遭遇（異常接近《ニア・ミス》）という、あまりにも甚だしい偶然の出来事によって内面的に倒されてしまった宗助が描かれている。

彼は是程偶然な出来事を借りて、後《うしろ》から断りなしに足絡《あしがら》を掛けなければ、倒す事の出来ない程強いものとは、自分ながら任じてゐなかったのである。自分の様な弱い男を放り出すには、もつと穏当な手段で沢山でありさうなものだと信じてゐたのである。

小六から坂井の弟、それから満洲、蒙古、出京、安井、――斯《こ》う談話の迹《あと》を辿れば辿る程、偶然の度はあまりに甚だしかつた。過去の痛恨を新《あらた》にすべく、普通の人が滅多に出逢はない此偶然に出逢ふために、千百人のうちから撰《え》り出されなければならない程の人物であつたかと思ふと、宗助は苦しかつた。又腹立しかつた。（⑥557）

「これ程偶然な出来事を借りて、後《うしろ》から断りなしに足絡《あしがら》を掛け」られた、あるいは、「偶然の度」が「あまりに甚だし」い出来事（「普通の人が滅多に出逢はないこの偶然」）に不意打ちを食らった、という説明、あるいは、また、「千百人のうちから撰《え》り出されなければならない程の」という形容は、宗助は危うくあの「安井」と鉢合わせになるところだったという事態の説明にしては大げさ過ぎないだろうか。

小説の展開のこうした無理（唐突な動転や大げさな説明）は、何か別のことを念頭においているのではないかと思わせるのである。

言い換えれば、ここに盛られた感情は、親友に誘われて満韓遊歴に出ただけのはずなのに、自分の靴で踏みしめたハルビン駅での義兵による伊藤博文射殺（しかも、倒れかかる伊藤を親友が抱いていた）、そして、漱石の見た廃墟のような旅順での裁判と処刑という、偶然の度があまりに甚だしい出来事によって、「自分」というものが覆されてしまった作者自身を例にとっているのではないだろうか。[4]

5.「小林」と「吉川夫人」(『明暗』)

「韓国併合」条約の締結（一九一〇年八月）を経て、「韓国」という国は「朝鮮」に、首都漢城は正式に「京城」に、また、鈴木穆は朝鮮総督府の度支《たくし》部長（会計部長）となった。

最後となった新聞小説『明暗』（一九一六年五月二六日連載開始。死去により中断）では、朝鮮総督府下の「朝鮮」へ行って新聞社に就職しようという、めかし込んだ小林に、「実はこの着物で近々都落《みやこおち》をやるんだよ。朝鮮へ落ちるんだよ」と言わせている（三六）[5]。

小林は、また、「朝鮮三界《さんがい》まで駈落のお供をして呉れるような、実のある女」がいてくれれば、という願望を吐露する（八二）[6]。

「都落《みやこおち》」「朝鮮へ落ちる」、そして、「朝鮮三界《さんがい》」——こう並べ立てる作者の意図は明らかではないが、帝都・東京と「併合」された朝鮮の落差、そして、その落差を使って生きのびるほかない、「善良なる細民の同情者」である東京人・小林の現実とその世界を、冷徹に表現した言葉ではある。

これは、たとえ（内地で）「善良なる細民の同情者」であろうとも、あるいは社会主義者であろうとも、生きていくためには、帝国の拡がっていく組織に載って、その分け前に——そのおこぼれに——預かるしかないではないかという苛立ち、言い換えれば、答がない！という漱石の苛立ちを表しているのかもしれない。

「明暗」には、また、主人公津田が「女性の暴君と奉《たてま》つらねばならない地位にあつた」、「漢語でいうと彼女の一顰一笑《いっぴんいっしょう》が津田には悉く問題になつた」女性権力者「吉川夫人」が登場する（一三二）。明らかに、この女性は、夏の末喜《ばっき》、殷の妲己《だっき》、周の褒姒《ほうじ》、漢の呂后等の系譜上にある。[7]

ただし、清国の西太后は、夫咸豊帝《かんぽうてい》が没し、幼い息子が即位（同治帝）した際、宮廷クーデターで若くして（東太后と並んで）最高権力者になった（辛酉政変）わけであるから、漱石の同時代人で「吉川夫人」に近いのは、朝鮮の閔后、正確には、閔后に関する語りである。

なお、王妃自身の人柄については、イザベラ・バード（Isabella Bird）が、『朝鮮紀行』（*KOREA AND HER NEIGHBOURS*, 1905）で、「聡明で野心家で魅力にあふれ、愛すべきところの多かった朝鮮王妃」と書いている。[8]

「吉川夫人」を描くことで漱石がめざしたものが何であったのか、はたしてそれは実現されたのかは明らかではないが、確かに、彼は、日本人が殺害したあの王妃のことを、そして、その王妃の殺害を「尤もありがたき」と評した若き日の自分のことを忘れてはいなかったのである。[9]

注

1　『漱石全集』第二〇巻、注解。
2　水川前掲書、一九七頁。
3　『安重根事件公判速記録』（満州日日新聞社、一九一〇年）、一〇五、一七三頁。
4　前掲拙著『漱石の個人主義』、二三四頁。

5　「明暗」の引用は新潮文庫（新潮社、一九八七年）による。数字で章を示す。

6　前掲拙著『漱石の個人主義』、一七頁。

7　同前、二八一頁。

8　時岡敬子訳『朝鮮紀行』（講談社、一九九八年）、三五六頁。

一八九五年一〇月、長崎に着いたバードは、王妃暗殺のうわさを耳にして、船の中で、事態収拾のため急遽ソウルに戻る合衆国弁理公使からうわさの真偽を確認した。そして、ソウルに直行し、イギリス公使館に二ヶ月滞在して、事態の推移を見守った。「王妃の侍医であったアンダーウッド夫人や親しい友人であったウェーベル夫人をはじめ、どの外国人女性も王妃の死を身近な存在の死として受けとめていた。王妃が政治の場で見せた東洋特有の非人道的な性質は、〔中略〕忘れられた。」（三六三頁）という。

9　ちなみに、「明暗」では、「吉川夫人」はおそらく単純な悪では終わらず、他方、彼女の夫は（漱石の「朝鮮の王様」像ではなく）威厳ある寡黙な「吉川」になっている。言い換えれば、この「吉川」像によって、高宗を蔑む視線を修正している、ないしは、高宗自身を小説中で修正していると言うことができるのではないだろうか。そして、これが、漱石が自分に課した仕事（視線・像の修正）であったのではないだろうか。

第五章　漱石と沖縄——見えない琉球

1．漱石における「沖縄」「琉球」の欠落
2．「琉球の王様」
3．「土蕃」
4．見えない沖縄——琉球問題消去

1. 漱石における「沖縄」「琉球」の欠落

漱石と朝鮮についてまとめた関係から、では、漱石作品で沖縄(琉球)はどう描かれているのだろうかという関心を持った。驚いたことに、『漱石全集』(岩波書店、一九九三―一九九九年)の索引(第二八巻)を見る限り、漱石作品に沖縄ないし琉球への言及はほとんどない。それも、琉球のモノについては多少あるが、ヒト、つまり、沖縄の人間については全くないのである。具体的には以下のとおりである。

「沖縄」

まず、「沖縄」という言葉は、『全集』中に一箇所しかない。日記に書き写した台風関連の新聞記事がそれであり、それだけである。

漱石は、台風で「夜眼を三度」さました翌朝の日記(一九一一〈明治四四〉年八月一〇日)に、「颶風《ぐふう》沖縄に滞在す」という見出しの新聞記事を書き写した(⑳338)。その記事中に、「沖縄島附近に在りし颶風の中心は依然として滞在す、沖縄より電報未着につき詳細を知る能わず」とあるのである。

「琉球」

では、「琉球」という言葉はどうかというと、同じくこの日の日記に書き写した「東京地方警戒」という見出しの新聞記事中に、「颶風は琉球の南東洋上〔北緯二十四度東経百二十八度〕にあり〔後略〕」（⑳338）とある。つまり、地理上の「琉球」である。これを別にすれば、以下のようになる。

まず、「琉球塗の朱盆」（①421）、「琉球がすり」（㉔349）、そして、「琉球ツ、ジ」（⑳501）、つまり、琉球に関係するモノがある。

2.「琉球の王様」

「琉球の王様」

人間では、「琉球の王様」（⑯522）がある。ただし、これは、第六回文展を見ての連載「文展と芸術」（一九一二〔大正元〕年一〇月一五日－二八日）中にある、画（山口瑞雨「琉球藩王図」）に描かれている人物のことである。

展覧会での画に対する漱石の論評は、まず、金屏風「南海の竹」（田南岳璋）から始まる。漱石は、「此むらだらけに御白粉《しろい》を濃く塗つた田舎女の顔に比すべき竹」と形容し、これを見て、これと好対照をなす、この間見た「猫児《みようじ》と雀をあしらつた雅邦の竹」（橋本雅邦「竹林猫図」）、「すつきりと気品高く出来上つた雅邦のそれ」を思い出したと言う。次いで、「此竹の向側《むかいがわ》には琉球の王様がゐた。其侍女は数からいふと五六人もあつたらうが、何れも御さんどんであつた」と述べる。

「むらだらけに御白粉を濃く塗つた田舎女の顔に比すべき竹」が、「すつきりと気品高く出来上つた雅邦のそれ」、つまり、江戸前芸者に象徴されるイメージと対照的なもの（「田舎女」）とされているのは明らかである。そして、その竹の向かいに、「御さんどん」に囲まれた「琉球の王様」がいるという。

漱石の論評は、画に対するものであり、琉球藩王や侍女たちそのものに対してではない。とはいえ、「田舎女の顔に比すべき竹」の向かいにいる、いずれも「御さんどん」である侍女たちに囲まれた「琉球の王様」が、もはや、「王様」の名に値しないのは言うまでもない。

「御さんどん」とは台所で炊事をする下女であり、宮廷女性からはほど遠い。「美」、「品」がない、ただの「田舎女」だと言っているのである。ただの「田舎女」に囲まれた「王様」は、美女妲己に唆された悪逆な王「紂王」ですらない。

このように、「女」を二手に記号化することで、漱石は（東京人としての）[1]文化的優越を突きつける。ただし、現実の歴史は、文化的優越ではなく、軍事的優越の問題であった。しかも、「琉球藩王」は那覇在住であるから　日本からの位置づけが変わっても、首里城に君臨する王であることに変わりはない。

つまり、この画自体が、悪意がないとは言い切れない想像上の産物なのである。にもかかわらず、評者・漱石は、「田舎女の顔に比すべき竹」と、その向かいにいる「御さんどん」を侍らせた「琉球藩王」という空間に注目して、わざわざ紹介した。言い換えれば、「琉球藩王」に対する画家の視線、つまり、東京方面（中央）の人間の冷めきった視線を確かに受けとめたのである。[2]

なお、前年（一九一一年）には、東京帝国大学文科大学を卒業した伊波普猷《いはふゆう》が、琉球伝来の歌謡集『おもろさうし』を読み込んで『古琉球』を刊行しているが、漱石の視界には入らなかったようだ。

また、「日記」中に、「流《琉》球通ひの朝日丸」（⑳381）というのがある。一九一二（明治四五）年五月、「御作」という老妓から聞き取りをした際の御作の話で、鹿児島にいたが、旦那に体よく追い出されて、「船にのる積《つもり》で宿屋へ行くと其所で流《琉》球通ひの朝日丸の事務長の△さんにひよつくり出逢つた。」「酒を飲んだ勢で室へ這入つて来て、話をし出して、〔中略〕酒のやりとりをした。下女は驚ろいた。夫があとから新聞に出て、其事務長と訳があるやうに書かれたのださうである。」というものである。

「流球通ひの朝日丸」の「事務長」の、性的に自由・放埒な行状を窺わせる話である。「御作」の話だとはいえ、これが、琉球伝来の性風俗をとりあげて、琉球（人）は性的に放縦だとする言説（偏見）と親和性を持つものであることは言うまでもない。

3. 「土蕃」

ドイツの大塚保治宛てに熊本から出した手紙（一八九六〔明治二九〕年七月二八日付。㉒105）に次の一節がある。

小生は東京を出てより松山、松山より熊本と、漸々西の方へ左遷致す様な事に被存候へば、向後は琉球か台湾へでも参る事かと我ながら可笑《おか》しく存居候。為朝か鄭成功の様な豪傑になれば夫でも結構と思ひ候へども、愈《いよいよ》土蕃と落魄しては少々寒心仕る次第に御座候（句読点引用者）

自分を笑ってみせるユーモアであり、相手も笑ってくれる、つまり、認識を共有している、少なくとも怒り出したりしないと見越したうえでの、「土蕃」という言葉である。

この点を割り引いても、注目すべき点がある。

「西の方へ左遷致す」とは、「西の方へ」移住することは東京（中心）からの「左遷」、言い換えれば、都落ちだと表現されている。

さらに、それを延伸して、「向後は琉球か台湾へでも参る事か」と、西へ西へ落ちていく、地の果てまで落ちていくという感覚がある。（おそらく、これが、新聞小説「明暗」の「小林」の言う、「都落《みやこおち》」「朝鮮へ落ちる」、そして、「朝鮮三界《さんがい》」という言葉の元になっている感覚である。）

同時に、それが、歴史上の参照項を持っている。琉球には「為朝」、台湾には「鄭成功」の記憶が呼び起こされるのである。前者は、昔（平安後期）、源為朝が（自害せずに逃れて）琉球へ渡って琉球王の祖になったという伝承で、滝沢馬琴の『椿説弓張月』であらためて脚光を浴びたものである。後者は、長崎（平戸）に生まれ、明の遺臣として戦い、台湾をオランダ統治から解放した人物である。近松門左衛門の「国性爺《こくせんや》合戦」で知られる。

ただし、漱石の形容は、こうした江戸時代から地続きの物語の枠におさまってはいない。為朝や鄭成功のような豪傑になるならまだしも、いよいよ「土蕃」に落ちぶれては心寒いというのである。

通常、江戸時代の本、たとえば、『頭書増補　訓蒙図彙』（寛政元年）の絵では、「琉球」（「琉球国」「中山国」）は優美な服を纏った王、台湾を指す「東蕃」（「たかさご」）は半裸の戦士で表現される。琉球がしかるべき国であることは、琉球に江戸への使節（慶賀使・謝恩使）を派遣させ、公方様（将軍）の御威光を世間に知らしめたい御公儀（徳川政権）が望んだものなのである。

ところが、漱石の想像力の中では、琉球は、「土蕃」（台湾の原住民の一部を呼ぶ名）に吸収されている。つまり、琉球（人）は、台湾（人）に吸収され、同時に、消去されているのである。

なお、漱石のこうした言葉は比較的若い頃のものであるとはいえ、その後変化したということでもない。なにしろ、沖縄・琉球への言及の絶対量が少ない。全体を覆う無関心、あるいは、徹底的な無視、無知は覆うべくもない。

以上のように、漱石は、沖縄・琉球の人間について、一言も書いていない。漱石には、沖縄在住であれ、東京等であれ、沖縄・琉球の人間は見えなかった、ないしは、見なかったのである。

また、こうして見ると、それほど高いとも思えなかった漱石の朝鮮に対する関心は、沖縄と比べるとじつは非常に高く、また、時の時事的・政治的レベルにまで達していることがわかる。漱石と朝鮮との、深く、かつ、ダイナミックに動く関係と比べると、漱石と沖縄との関係は、深い関わりもなければ、動きもない。

漱石に対しては、連載「満州ところ〲」の一部にみられるように、異民族に対して排他的・差別的であるという批判があり、そうではないとここで言いたいわけではないのだが、それにしても、漱石の沖縄に対する無関心は、いったいこれはどうしたことかというレベル、存在自体を認知しないというレベルなのである。

では、ひるがえって、漱石作品、すなわち、漱石の世界・想像力の中に、どうして沖縄は「ない」のであろうか。

4. 見えない沖縄――琉球問題消去

まず、おそらく、漱石には、沖縄在住の人間、あるいは、沖縄出身の人間と接点がなかったのであろう。漱石の友人たちで沖縄まで行って就職する人間はまずいなかった。頭の中で唯一可能性があるとしたら、西へ西へと流れて行った自分自身に他ならない。

とはいえ、これは自然にそうなったというものではない。生え抜きのエリートではないが、破天荒な行動力には事欠かない漱石の友人たちは、帝国の開拓者たるべく、帝国の末端・辺境に散らばって活躍することを望んだ。そして、そこが、カネのなる所、機会の生まれる所であった。同時に、戦争が行なわれる所でもあった。それが、満州であり、朝鮮なのである。

沖縄は、こうした「前線」ではない。

そして、第二に、政治的に言っても、沖縄は争点にならず、そこで戦争もなかった。新聞が、（たとえどんな意味だとしても）華々しく取り上げる場所ではなかったのである。

むろん、その動きは、政治の動向と無縁ではない。

「琉球」の処理の仕方

じつは、争点にしない・させないことこそ、廃藩置県（一八七一年八月〔明治四年七月〕）後真っ先に問題にした琉球の「両属」（薩摩藩への服属を通じて将軍の御威光に服していた、同時に、清国から冊封を受けて国を運営していた）という難問の処理の仕方であったのである。

一八七二（明治五）年、日本政府からの要請に応えて、「王政御一新」の祝賀のために慶賀使を送った琉球国（同時に日本では鹿児島県の管轄下）は、東京で、「琉球藩王」という称号を王に与えられた。そして、琉球と諸外国との交際は（「私交」とみなされ）外務省の管轄とされた。だが、清国との冊封関係が消えたわけではないから、琉球国もその国王もなくなったわけではない。

こうした「両属」状態に苛立つ日本の新政府は、なんとか決着をつけて国境を画定しようとした。（とはいえ、清国との国境を画定するという意味であり、琉球、台湾は処理の対象である。）

台湾出兵問題（琉球船が台湾に漂着して乗員が殺戮された事件への報復と称して、日本がその二年半後に台湾に出兵した）で、清国との交渉（一八七四年九－一〇月）に臨んだ初代内務卿大久保利通は、万国公法では、「政権」が及んでいない土地（台湾「蕃地」）は「版図」とは認められないという論陣を張った。

だが、すでに六月、駐日英国公使パークスは外務卿寺島宗則を訪ねて、「大兵を他国の領地に送る」ことは「戦争」とみなされても仕方がなく、「万国公法」違反であると厳しく批判していた（『日本外交文書』七）[3]し、また、駐清英国公使ウェードは九月末に大久保に会って、台湾の全島は清国に属するという英国の見解を伝えた（同）[4]。言い換えれば、台湾は清国の版図であるという立場をとる大英帝国と清国自身を敵に回して戦争になることは、（たとえ、アメリカ合衆国方面から少なからぬ励ましがあったとしても）できない相談だったのである。

したがって、台湾出兵をめぐって英国公使ウェードの仲介で清国との間で結ばれた「互換条款」（一八七四年一〇月三一日）の大久保にとっての重大な意味は、台湾問題そのものよりも、まずは琉球問題にあった。すなわち、日本の台湾への出兵が「保民義挙」のためであるという論理を容認させたこと、さらに、（殺戮された）琉球人が日本国民（「日本国属民等」）であると清国が認めた、また、そのことにより、琉球が日本領であると清国が認めたと解釈し得るということであった。[5] 大久保は、一二月、琉球藩「処分」に関する建議を行い、琉球併合への第一歩を踏み出す。（本書一四〇頁）

そして、翌一八七五（明治八）年七月には、「処分官」松田道之《みちゆき》（内務大丞《だいじょう》）を首里へ派遣して、清国との朝貢関係を断ち、冊封を廃止し、明治の年号を用いるように迫った。だが、当然ながら琉球は受け入れない。

大久保没後、内務卿伊藤博文が引き継いで、一八七九（明治一二）年三月、松田（内務大書記官）を先頭に首里城に乗り込んで、軍事力を背景に、琉球藩を廃し、沖縄県を置いた。藩王、つまり、最後の琉球国王は東京移住を命じられ、ここに琉球王国は滅亡する。

同時に、この挙は清国の怒りを買い、最終的な決着は、日清戦争で日本が清国を下して、下関条約（一八九五（明治二八）年）で台湾の日本への割譲を認めさせるまで持ち越されるのである。

こうして琉球問題は「台湾」問題として決着した。問題自体が封じ込められ、消去されたのである。

漱石らの世代にとり、琉球問題はこういう形でようやく〝片づいた〟。

じつは、大塚保治宛書簡（一八九六〈明治二九〉年七月二八日付）に現れている漱石の意識——「琉球か台湾へでも参る」、「為朝か鄭成功の様な豪傑」になればそれでも結構だが、と言っておきながら、いよいよ「土蕃」になってしまっては、とだけ言って事足れりとする——は、琉球問題を「台湾」問題として処理した（つまり、琉球問題を「台湾」問題に吸収して消し去った）大日本帝国の手並みを正確に反映しているのである。

注

1　より詳しく言えば、東京の「下層社会」（横山源之助『日本之下層社会』、一八九九年）ではない、東京人としての。

2　ちなみに、沖縄が「内地」に対する気後れ感にこの頃苛まれたとしたら、それを醸成するだけの磁場が内地の側、具体的には、文化的中心としての東京にあったと言えるのではないだろうか。

3　勝田政治『大久保利通と東アジア——国家構想と外交戦略』（吉川弘文館、二〇一六年）、九〇頁。

4　同前、一〇七頁。

5　同前、一一五–一一七頁、また、毛利敏彦『台湾出兵——大日本帝国の開幕劇』（中央公論社、一九九六年）一七六頁を参照。

他方、琉球は、同年一一月、中国へ向けて「進貢使」を出航させた。

第六章　漱石の感覚——「他者」の嗅ぎ分け

漱石の作品と書簡には、朝鮮人、中国人、あるいは、底辺労働者などに対する差別的な、時に鋭い揶揄を伴った罵倒に近い言葉が見られる。「朝鮮国王の徒」「土蕃」(書簡)、「土竜《もぐらもち》」「土蜘蛛《つちぐも》」(「坑夫」)、「汚ならしいクーリー団」(「満韓ところぐ\」)等がそれである。これらは漱石(漱石という人間)を評価するうえでの関門とならざるを得ず、疑問が呈されてきたところである。

どのような発言があり、どういうつもりで発せられているのかを、「坑夫」「満韓ところぐ\」を中心に探る。

「土蜘蛛」「土竜」、「怒った蜂の巣」「鳴動連」

新聞小説「坑夫」(一九〇八〔明治四一〕年一月-四月)では、坑夫を「殆ど最下等の労働者」(五〇)と呼び、もぐら(「土竜」)に喩え、「土蜘蛛」を想起させた。「誰が土竜の真似なんかするものかと思つた」(八一)、「丸で土蜘蛛の根拠地見た様に色々な穴が、飛んでもない所に開いている」(同)である。

底辺の労働者に対する容赦ない揶揄的な視線も、また、漱石の在庫中にあるものなのである。「満韓ところぐ\」(一九〇九〔明治四二〕年一〇月-一二月)には、船が着く大連の河岸に集まっていた労働者に関して、「其大分《だいぶん》は支那のクーリーで、一人見ても汚ならしいが、二人寄ると猶《なお》見苦しい。斯う沢山塊《かたま》ると更に不体裁である」や、「船は鷹揚にかの汚ならしいクーリー団の前に横付になつて止まった。止まるや否や、クーリー団は、怒った蜂の巣の様に、急に鳴動し始めた」(⑫234)(四)

という表現がある。

「馬車の大部分も亦鳴動連によつて、御せられてゐる様子である。従つて何れも鳴動流に汚ないもの許《ばかり》であつた。」（同235）とも言う。

ついには、「ことに馬車に至つては、其昔日露戦争の当時、露助が大連を引上げる際に〔中略〕土の中に埋めて行つたのを、チヤンが土の臭を嗅いで歩いて、とう〳〵嗅ぎ中てゝ、一つ掘つては鳴動させ、二つ掘つては鳴動させ、とう〳〵〔後略〕」（同）とまで描く。

漱石の意図どころか、見識自体が疑われる文である。

とはいえ、大連に着いた漱石は、着岸もしないうちから、「支那のクーリー」「汚ならしいクーリー団」という、異様で不気味な集団に出会ったのだということはわかる。

蠢めく蜂・蟻・蜘蛛の子・田螺

このように、漱石は、自分と異質なもの（他者）に対して、揶揄的な目を向け、罵倒に近い言葉を発している。

もっとも、動き回る人間集団（男性集団）の描写という点では、これより前、軍隊、すなわち、旅順要塞への突撃戦で戦死した友だち「浩さん」と将兵たちに関するものがある。「趣味の遺伝」（『帝国文学』一九〇六年一月号）がそれであり、旅順要塞（松樹山）への総突撃で旗持ちとして戦死した「浩さん」への限りない愛惜が込められたものである。

「去年の十一月」「二十六日」、午後一時の大砲を合図に兵士達が壕から飛び出して、「蜂の穴を蹴返した如くに散り〳〵に乱れて前面の傾斜を攀ぢ登る。」（②199）

「こちらから眺めると只一筋の黒い河が山を裂いて流れる様に見える。〔中略〕黒い者が簇然《そうぜん》として蠢《うご》めいて居る。此蠢いて居るものゝうちに浩さんが居る。」

「蠢めいて居る抔《など》と云ふ下等な動詞は浩さんに対して用ひたくない。ないが仕方がない。現に蠢めいて居る。鍬《くわ》の先に掘り崩された蜂群の一匹の如く蠢めいて居る。杓《ひしゃく》の水を喰《くら》つた蜘蛛の子の如く蠢めいて居る。如何なる人間もかうなると駄目だ。」（②200）

「俵に詰めた大豆の一粒の如く無意味に見える。」「擂鉢《すりばち》の中に攪き廻される里芋の如く紛然雑然とゴロ〳〵して居てはどうしても浩さんらしくない。」

そのうち、「忽《たちま》ち長い蛇の頭はぽつりと二三寸切れてなくなつた。」「浩さんはどこにも見えない。是はいけない。田螺《たにし》の様に蠢めいて居たほかの連中もどこにも出現せぬ様子だ。愈《いよいよ》いけない。」（②203）

動く人間集団（軍隊）を極小の虫、蜂や蟻や蜘蛛の子の群れに喩えている。こうして、人間としての尊厳を剥奪してしまう。

同時に、遠くから、ないしは、高みから見て（自分〔達〕を）笑い飛ばす時、第三者の視座を得て（自分〔達〕の）客観視にもなり得る。たしかに「是はいけない」のである。言葉は使わずとも、誰が見ても馬鹿げた事態、馬鹿げた戦争指揮であることが明らかである。

いかなる「写生文」か

旅順の松樹山で、「浩さん」達は、「蜂の穴を蹴返した如くに」散り散りによじ登る、「鍬の先に掘り崩された蜂群の一匹の如く」、「杓の水を喰った蜘蛛の子の如く」に。「田螺の様に蠢めいて居たほかの連中」もである。

それが、大連の河岸ではどうであろうか。虫の喩えが「怒った蜂の巣」「鳴動連」に変わる時、限りない愛惜は、毒あるもの（他者）への恐怖と警戒心、相手の敵意をも想定したそれに変わっているのである。

ちなみに、漱石は、「大人が子供を視るの態度」、「微笑を包む同情」をもって人事を描く、「世間と共にわめかない」、対象に寄り添う「写生文」という描き手のスタンスを論じている（「写生文」、『読売新聞』一九〇七年一月二〇日）。

これは、「写生」と言っても、客観性（中立性）を重んじるというものではない。「わめかない」にせよ、対象の側に立ってこそ描き手は描けるのだという宣言でもある。つまり、漱石の言う「写生」とは、主体（描き手）が対象の傍らに立つことを前提にした「写生」なのである。

「趣味の遺伝」での、動き回る男性集団——我が軍隊——の描き方はこれに相当する。「浩さん」への感情移入が強いからこそ、描けるのである。

では、「満韓ところどころ」での「クーリー」の描き方は何と言うべきであろうか。対象に寄り添ってどころか、対象を思いっきり突き放して描いている。描写における客観性（中立性）はさっさと放棄し、描写する主体の位置、対象との関係をあらかじめ決めて（この場合は離れた関係、敵対関係）、小気味いいまでに笑い飛ばしているのである。

第七章　漱石の変化――夏目漱石は幸徳秋水をどう見ていたのか

1．漱石の二面性――二つの漱石像
2．漱石と「社会主義」
3．「野分」の文学者「道也先生」
4．大逆事件・秋水処刑、韓国併合、そして、その先

1. 漱石の二面性――二つの漱石像

夏目漱石には、少なくとも連載「満韓ところぐ〳〵」（一九〇九年一〇－一二月）までは、中国人、朝鮮人、また、「クーリー」、坑夫（新聞小説「坑夫」）等を、自分とは隔絶した者（絶対的な他者）と見て蔑む視線があった。

しかも、注目すべきことに、それは、日露戦争で次々と斃れていく将兵への愛惜、その身内、すなわち、父や息子や夫を失う人間への深い同情と同居していた。

こうした将兵への愛惜や身内への同情は、作品中に明示されている。将兵の例としては、「趣味の遺伝」（『帝国文学』一九〇六年一月号）の「浩さん」、「草枕」（『新小説』一九〇六年九月号）の「久一さん」、身内の例としては、新聞小説「三四郎」（一九〇八年九－一二月）の冒頭に登場する、戦争で「大事な子は殺される」と訴える「爺さん」、海軍の職工をしていた夫が、戦後大連へ出稼ぎに行ったまま仕送りが途切れてしまったと語る「女」等がそれである。[1]

それゆえ、漱石には常に二つのイメージがつきまとう。民衆の側に立って時の権力者を鋭く批判した像と、民衆を蔑視した像である。

だが、要するに、斃れた将兵とその身内に対する漱石のこうした想像力は、同じような状況におかれた「万国の人民」には――また、（自国さらに他国の）「労働者」にも――向かわなかった、二つの視線は同居していたということなのである。

2. 漱石と「社会主義」

たしかに、漱石は、堺利彦（枯川）ら「社会主義者」の存在を少なからず意識していた。そこから、漱石は（労働者や大衆の側に立つ）「社会主義」に親近感を持っていたという評価もある。その点を検討してみよう。

まず、一九〇五年一〇月、『吾輩は猫である・上篇』を上梓した時、堺（枯川）が、平民社の絵葉書（フリードリッヒ・エンゲルスの肖像写真付きのもの）で、「三馬の浮世風呂と同じ味を感じました」という感想を書いてよこした。漱石は、「社会主義者」枯川に、『猫』の最良の読み手を見出したはずである。『都新聞』（一九〇六年八月一一日付）の「電車賃値上反対行列」の記事を友人深田康算が送ってきた時には、次のような返事をしている。そしてこれが、「社会主義」に親近感を持つ漱石像の、いわば物証になっている。

〔前略〕電車の値上には行列に加らざるも賛成なれば一向差し支無之候。小生もある点に於て社界《ママ》主義故《ゆえ》堺枯川氏と同列に加はりと新聞に出ても毫も驚ろく事無之候。〔後略〕（深田康算宛書簡、

一九〇六年八月一二日付。㉒541）

同記事には「堺氏の妻君」「夏目（漱石）氏の妻君」も行列に加わったとあり、漱石は、行列に加わってはいないが、値上げ反対には賛成だから自分の名が出ても一向差し支えないと応じたのである。とはいえ、「社会主義」に対する漱石の接近もこのあたりまでである。漱石のいう「ある点」ではないところ、たとえば、「社会主義者」の基本的な立ち位置――「万国の労働者」、すなわち、国境を越えた「労働者の連帯」という視座――の影響は受けなかったのである。

しかも、幸徳秋水らの『日刊平民新聞』が連日報道していた足尾銅山の暴動（一九〇七年二月四日勃発）への漱石の応答が、坑夫を「殆ど最下層の労働者」と呼び、もぐら（「土竜《もぐらもち》」）に喩える新聞小説「坑夫」（〇八年一月－四月）であるとするならば、その差異は歴然としている。[2]

3.「野分」の文学者「道也先生」

ちなみに、中篇「野分」（一九〇七年一月）の「道也先生」の演説ぶりには、幸徳秋水を思わせるものがある（本書二三頁）。だが、演説内容は、秋水のそれではなく、漱石独自のものなのである。

「道也先生」は、「明治は四十年立つた」が、「まだ沙翁が出ない、まだゲーテが出ない」、「先例のない社会に生れたものは、自ら先例を作らねばならぬ」、「現代の青年たる諸君は大《おおい》に自己を発展して中期をかたちづくらねばならぬ」と、檄を飛ばすのである。

また、「野分」は、「白井道也は文学者である」という一文で始まる。これは、この小説が、明治の世における「文学者」という存在を主題にするという宣言である。同時に、この定義・宣言は、幸徳秋水ら「社会主義者」との差別化を語っているのではないだろうか。

漱石は維新後の教育を受けた第一世代である。その点では秋水もほぼ同様である。だが、東京、しかも、帝国大学近辺で中高等教育を受けて第一線の知識人（「文学者」）となった漱石と、高知の「民権」の息吹の中で育ち、一六歳で保安条例の対象となって東京を追放された「社会主義者」秋水とでは大きく異なるのである。

こうした漱石、すなわち、シェークピア（英語圏）やゲーテ（ドイツ語圏）に比肩しうる国民的文学の創造という使命を自分に課した漱石にとって、「日本」「日本人」という同一性・共同性は、自明の、重いものであった。それは、他方で、「日本人」以外との強い線引きの意識を伴ったと考えられる。

4. 大逆事件・秋水処刑、韓国併合、そして、その先

新聞小説「それから」（一九〇九年六月二七日－一〇月一四日）には、九月一二日（七八回）、「幸徳秋

水と云ふ社会主義の人」への唐突な言及がある（「平岡はそれから、幸徳秋水と云ふ社会主義の人を、政府がどんなに恐れてゐるかと云ふ事を話した」）[3]。つまり、漱石は、幸徳秋水と平民社への弾圧を身を挺して知らせたのである。

だが、翌一九一〇（明治四三）年六月一日、平民社（東京）を撤収して湯河原の温泉旅館（天野屋）に籠もっていた幸徳秋水は、ついに逮捕される。

他方では、八月二二日、「韓国併合に関する条約」が調印されて、二九日には、韓国の国号が朝鮮に改められ、朝鮮総督府がおかれた。

漱石は、伊豆修善寺での胃の病状急変による長期の入院中に、見舞客、なかでも坂元雪鳥（漱石の教え子で『東京朝日』記者）らを通して、「韓国併合」の顚末、幸徳秋水ら逮捕の続報を聴くことになる。

翌一九一一年一月一八日には、秘密裁判にかけられていた秋水ら「無政府主義者」二六人全員に有罪判決が下された。二四人は「大逆罪」であり、しかも、一週間で秋水を含む一二名の死刑が執行された。

新聞小説「行人」（一九一二年一二月－一九一三年四月、同年九－一一月）と「心」（一九一四年四月二〇日－八月一一日）は、何らかの意味で漱石の混迷と苦しみの痕跡である。

「心」では、「先生」は何事も為さずに生きており、ついには、「私」に「遺書」を送りつけてくる。

「心」の（名のない）「先生」は、「野分」の「道也先生」とは様変わりしている。

言い換えれば、漱石は、「野分」（一九〇七年一月）から八年足らずして、弟子と師の関係という同様の構造を持ちながら正反対の内容を持つ「心」を描いたのである。[4]

漱石の心には、「女」をめぐる友達との死闘という明示されたテーマとは別に、尊敬に値するライバルと見込んだ幸徳秋水が、こともあろうに処刑されてしまった、そして、そのことにより、自分が思い描いた道（「文明の革命」）も、また、粉砕されてしまったという怒りと絶望が渦巻いていたのではないだろうか。

とはいえ、孤独に苛まれながら「心」を描き上げた漱石は、翌一九一五（大正四）年の第一二回衆議院議員総選挙（三月二五日）を前に、「陸軍二個師団増設絶対反対」を掲げて立候補した馬場孤蝶の推薦人に、堺利彦らとともになるという決断をしている。この「二個師団」は朝鮮半島に常駐することが予定されていたから、漱石は、「韓国併合」に抗議する姿勢を示したと言ってよい。[5]

連載「点頭録」（一九一六年一月）では、次のように言う。

自分は常にあの弾丸とあの硝薬とあの毒瓦斯《ガス》とそれからあの肉団と鮮血とが、我々人類の未来の運命に、何《ど》の位の貢献をしてゐるのだらうかと考へる。さうして或る時は気の毒になる。或る時は悲しくなる。又或る時は馬鹿々々しくなる。最後に折々は滑稽さへ感ずる場合もあるといふ残酷な事実を自白せざるを得ない（⑯631）。

戦争そのものに対して明確な距離をとり、馬鹿馬鹿しい、滑稽だとさえ言っているのである。

注

1　また、後のことになるが、「日記」（一九一一年五月二一日）には、栄子（三女）が八つ位の学校友達を連れて来た時、「あとから二人遊んでゐる所へ行つて、あなたの御父さんは何をして入《い》らつしやるのと聞いたら御父さんは日露戦争に出て死んだのとたゞ一口答へた。余はあとを云ふ気にならなかつた。何だか非常に痛ましい気がした」（⑳291）とある。戦争の結果として、父の顔を知らない子が育っていくという現実を、「非常に痛ましい」と感じたのではないだろうか。ちなみに、栄子は一九〇三年生まれである。

2　また、新聞小説「坑夫」での鉱山労働者の描き方からすれば、漱石が労働者による「革命」それ自体に共鳴していなかったのは明白であろう。前掲拙著『漱石の個人主義』、二四〇頁。

3　前掲拙著『管野スガ再考』六頁を参照。

4　前掲拙著『漱石の個人主義』第五章、なかでも、一〇〇－一〇一頁を参照。

5　だが、この年二個師団は増設され、第一九、二〇師団、すなわち、いわゆる朝鮮軍となる。

第八章　漱石と娼妓、漱石と芸者

1．漱石と娼妓――敬遠すべき娼妓と妓楼
2．漱石と芸者――吾輩は猫（芸者）である夏目漱石（金之助）は慶応三（一八六七）年、江戸生まれである。漱石は、娼妓・芸者（芸妓）をどう見ていたのか、また、漱石作品で娼妓・芸者はどう描かれているのかを探る。

1．漱石と娼妓――敬遠すべき娼妓と妓楼

漱石に、京都に着いたある晩（一九〇七年三月二八日）、十五年前に友人の正岡子規（常規）と京都に着いた夏の晩（一八九二（明治二五）年七月八日）のことを回想するという文章がある（「京に着ける夕」、『大阪朝日新聞』一九〇七年四月九日－一一日）。

〔前略〕あてどもなくさまよふて居ると、いつの間にやら幅一間位の小路に出た。〔中略〕さうして其穴のなかゝら、もしくと云ふ声がする。始めは偶然だと思ふてゐたが行く程に、穴のある程に、申し合せた様に、左右の穴からもしくと云ふ。知らぬ顔をして行き過ぎると穴から手を出して捕まへさうに烈しい呼び方をする。子規を顧みて何だと聞くと妓楼だと答へた。（⑫74）

妓楼だと聞いて、こう対応する。

余は夏蜜柑を食ひながら、目分量で一間幅の道路を中央から等分して、其等分した線の上を、綱渡りをする気分で、不偏不党に練つて行つた。穴から手を出して制服の尻でも捕まへられては容易ならんと思つたからである。子規は笑つて居た。（⑫12）

漱石にとって、妓楼とは、念入りによけるべきものだったのである。

同様の感覚は、ロンドンからの子規宛書簡（一九〇一〔明治三四〕年四月二〇日付）にもある（「倫敦消息」、『ホトトギス』同年六月号）。漱石は、「斯様な陋巷《ろうこう》に居つたつて引張りと近づきになつた事もなし夜鷹と話をした事もない」と断言する。「引っ張り」とは吉原の引張見世のことで、路傍で客の袖を引っ張って客を取ることからこの名がついた。また、「夜鷹」とは、寝茣蓙《ねござ》を携えて客をとる最下層の娼婦である。娼婦のいる方へ行ったこともないし、街娼と話したこともないということであろう。そして、「心の底迄は受合はないが先《まず》挙動丈は君子のやるべき事をやつて居るんだ」と胸をはる。

このように、漱石にとって、妓楼とは、「君子」の近づいてはならない所なのである。

娼妓もしかりである。

一九〇一（明治三四）年の「断片（11）」には、「鈍ナ「アタマ」ノ者ガ哲学書ヲ一二冊読ンデ威張ツテ居ルハ、放蕩子抔ガ娼妓抔ノ下等ノ美ニ迷ふと同一ノ程度ニアル者デ決シテ軒輊《けんち》スベキ者デナイ」（⑲115。読点引用者）とある。娼妓の美は「下等ノ美」なのであり、「迷ふ」対象ではないのである。

早起きせよとロンドンから妻鏡子に懇々と説教した書簡（一九〇二〔明治三五〕年五月一四日付）には、

「九時か十時迄寐る女は妾か、娼妓か、下等社会の女ばかりと思ふ。苟《いやしく》も相応の家に生れて相応の教育あるものは斯様のふしだらなものは沢山見当らぬ様に考へらる」(㉒260。句点引用者)とある。

つまり、娼妓は、性売買をするのに加えて、「下等ノ美」「下等社会の女」だから、「相応の」人間である自分たちは距離を置かなければならないのである。このことは作品中にもはっきりと現れている。

「吾輩は猫である」と吉原

「三重吉君」(鈴木三重吉)に関して述べた書簡(一九〇五〈明治三八〉年九月一一日付、中川芳太郎宛)には、「幸ひ吉原から買つてきた油壺なんかを乙がつて居る金やんなので」(㉒405)とあり、この「吉原から買つてきた油壺」をネタに、「吾輩は猫である」第九回(『ホトトギス』一九〇六年三月号)では次のように描かれている。

「ハハハ日本堤《づつみ》分署と云うのはね、君只の所じゃないよ。吉原だよ」〈中略〉
「あの遊廓のある吉原か?」〈中略〉
主人は吉原と聞いて、そいつはと少々逡巡の体であつたが、忽ち思い返して「吉原だろうが、遊廓だろうが、一反行くと云った以上はきっと行く」といらざるところに力味《りきん》で見せた。[1]

翌朝、日本堤分署から戻った主人（苦沙弥）は、「吉原へも這入って見た。中々盛な所だ。あの鉄の門を観た事があるかい。ないだろう」と、ちょうど来ていた姪の女学生「雪江さん」に胸をはる。すると、雪江さんは、「だれが見るもんですか。吉原なんて賤業婦の居る所へ行く因縁がありませんわ。叔父さんは教師の身で、よくまあ、あんな所へ行かれたものねえ。本当に驚ろいてしまうわ」と非難する。[2]

二人はかみ合っていない。そこが笑いのつぼである。娼妓を「賤業婦」と呼ぶ「雪江さん」は、おそらくミッション・スクールの女学生であり、作者はそのある種の尊大さを軽く揶揄しているのである。

以上のように、漱石の生活と作品において、娼妓・妓楼は、遠い、近づいてはならないものであった。これは、漱石が、東京の有産階級の男性、それも、既婚者であるということとも関係する。

「三四郎」と汽車の「女」

新聞小説「三四郎」（一九〇八〔明治四一〕年九月―一二月）の冒頭では、「東京」へ向かう汽車で三四郎と乗り合わせた、名もない女が登場する。

「女」は、夫は呉で海軍の職工をしていたが、戦争中は旅順の方に行っていた、一旦帰ってきたが又大連へ出稼ぎに行って、ついには仕送りが途切れてしまったと身の上を語る。（子供を親元に預けているというこの女性は、日露戦争がもたらした貧困のために身を売った娼妓の暗喩ではないだろうか。）

諸事情で同宿することになると、別れ際に、「女は其顔を凝《じっ》と眺めてゐた、が、やがて落ち付いた調子で、「あなたは余つ程度胸のない方ですね」と云つて、にやりと笑つた」。
性関係に入らない三四郎を嘲笑うこうした女性は、性行為をすべくそこにいる、たまたま居合わせた名もない女、すなわち、娼妓を思わせる。言い換えれば、これに続く三四郎の狼狽は、娼妓に見返されたことによる狼狽とみることもできるのである。[3]
他方、三四郎は「全く耶蘇教に縁のない男」と設定されている。廃娼の思想を持っているわけではないから、娼妓を断乎として拒絶できるわけではない。冒頭から「女」をよけ損なった三四郎は、書生たちのあやうい状況を映しているのではないだろうか。

満韓遊歴

「それから」を脱稿した漱石は、友人・中村是公（満鉄総裁）の誘いに応じて、満韓遊歴に出た（一九〇九年九月六日に大連着）。

この満韓遊歴は漱石にとり性的な誘惑にさらされる旅であった。

日記によると、九月一一日は、旅順で「二百三高地」に登って、さらに旅順港を見たあと、「晩に田中理事の招待にて近所の日本料理店にすき焼を食ひに行く」。すると、「酌婦が四人出てくる」（⑳106）。「満韓ところ〴〵」（二十九）ではさらに詳しい。「女は三、四人で、いづれも東京の言葉を使はなかつた。田中君はわざと名古屋訛を真似て調戯《からか》つてゐた」（⑫297）。「スキ焼があらはれても、胃の加減で旨くも何ともなかつた」ので、「余は仕様がないから畳の上に仰向に寐てゐた。すると女の一人が枕を御貸し申しませうかと云ひながら、自分の膝を余の頭の傍へ持つて来た」。そこで、「其女の膝の上に頭を乗せて寐てゐた」。「帰るときには、神さんらしいものが、頻《しき》りに泊つて行けと勧めた」、と漱石は淡々と描く。

さらに九月一六日の日記には、汽車で営口に向かうと、「昨夜十一時に就《(着)》いた客が営口の妓《(祇)》園館から芸妓二名を呼ぶ。駄弁を弄する事甚だし。客は満州鉄道の役員らし。元治元年生れの女をやつた事なし。書生の時はあるでせう抔といふ」(⑳110)とある。漱石は嫌悪感を持ったのである。

一七日には、営口で、「牛島氏芝居を見ろと云つて連れて行く」。まだ開場でない。「芝居の後ろへ牛島君が出ていや女郎屋だと云つて却《(帰)》つてくる」(⑳111)。

その後、「夫から本当の女郎町を見る」。

この時のことは「満韓ところ〴〵」(三九)に詳しく描かれている。狭い小路の町に入り、ある家の門に入ると右手も突き当たりも部屋であったが、右手の部屋を覗くと、驚いたことに若い女が三人壁にもたれあっていた。「三人の身体《からだ》が並んでゐる通り、三人の顔も並んでゐた。〔中略〕真中のは不思議に美しかつた。色が白いので、眉がいかにも判然してゐた。眼も朗かであつた。頬から顎を包む弧線は春の様に軟《やわら》かつた」(⑫321)。

「余」は驚きながら見惚れていた。だが、せかされて突き当たりの部屋に這入ると男たちが食事中だったが汚いこと甚だしい、次の部屋を覗いてそこの光景にさらに驚いて、「余は案内の袖を引いてすぐ外へ出た。」

不思議なほど美しい女であっても、いわば究極の「悪所」であり、近寄ってはならないのである。

なお、韓国では、一〇月四日、京城で景福宮や昌徳宮を見た後、「帰りに菊池武一君の招待にて倶楽部にて会食」したとある。その際に、「世界を殆んど歩ける人」である「久水三郎氏また列席」して、「何とか云ふ所で日本の淫売婦十名余の家に至りて歓迎を受けたる由の話あり。シンガポアにて千円の貯蓄を奨励せる事。それから日露戦争中亜米利加《アメリカ》の賤しき女共の寄附金をする話。日本人ばかりを客にする外国人。外国人丈を相手にする外国人の話あり」(⑳129－130)とある(日記、一〇月四日)。

日本人女性の(女衒に率いられた)海外での性売買と、貯蓄の奨励や戦争への寄付金という話に、多少の関心と、うさん臭さ・嫌悪を感じていたのであろう。

吉原全焼

ロンドン在住の大谷繞石宛書簡(一九一一〔明治四四〕年五月一二日付)に、「〔前略〕吉原は此間丸焼になりました。近来にない火事でした。それを明る日迄知らずに済まして居たのだから東京は広いに違ありません。」(㉓443)とある。

吉原が丸焼けになれば、大門とお歯黒どぶで閉じ込められた娼妓たちは無事だったのだろうかというところまで考えが及ぶわけではない。

ただし、台風での堤防決壊による洲崎遊廓の被害については、新聞記事を書き写している。(同年

七月二六日）
○新聞今朝号外出す。相模灘の颶風《ぐふう》東京湾に海嘯《かいしょう》を起し。州《（洲）》崎の堤防を破壊、貸坐敷一戸を倒す。娼妓十五六名死す。嫖客の死体も続々出る。（⑳336）

一九一一年四月七日の吉原全焼で、婦人矯風会は再興反対陳情書を平田東助内相等に提出したが、すでに仮営業が許可され、本建築も進行中であった。この苦い経験に踏まえて、大同団結して廃娼を訴える組織廓清《かくせい》会を七月に発足させる。[4] 翌一九一二年一月一六日には大阪の難波新地（遊廓）が焼失し、遊廓廃止運動が起こり、二月五日府令により廃止される。三月二一日には洲崎遊廓が焼失し、廓清会は再興反対運動を起こす。度重なる遊廓の焼失と人身への被害により、廃娼運動が活気づいていく。

漱石は、廃娼運動をやや揶揄しつつ、公娼制そのものについては直接触れていない。

これは、娼妓の「自由廃業」問題が『東京朝日』を賑わしていた当時日本にいなかったことも一因であると思われる。漱石は、一九〇〇年九月八日に横浜を出航し、イギリス留学から戻ったのは一九〇三年一月であるから、ちょうど自由廃業問題が紙面を賑わせていた頃、[5] 日本を留守にしていたことになる。[6]「自由廃業」を敢行する娼妓自身の声を目にする機会はほとんどなかったはずである。

ところが、自分の歴史を振り返るなかで、幼い頃の記憶がよみがえってくる。じつは、漱石は、妓楼の中で一時期育ったのである。

「道草」の「大きな四角な家」

新聞小説「道草」（一九一五〔大正四〕年六月―九月）では、次のようにある。

> 彼は自分の生命を両断しやうと試みた。すると綺麗に切り棄てられべき筈の過去が、却つて自分を追掛けて来た。彼の眼は行手を望んだ。然し彼の足は後へ歩きがちであつた。
>
> さうして其行き詰りには、大きな四角な家が建つてゐた。家には幅の広い梯子段のついた二階があつた。其二階の上も下も、健三の眼には同じやうに見えた。廊下で囲まれた中庭もまた真四角であつた。
>
> 不思議な事に、其広い宅には人が誰も住んでゐなかつた。〔中略〕さうして人の通らない往来を一人で歩く気でそこいら中馳《か》け廻つた。（⑩114）

> 「自分は其時分誰と共に住んでゐたのだらう」
>
> 彼には何等の記憶もなかつた。彼の頭は丸で白紙のやうなものであつた。けれども理解力の牽引に訴へて考へれば、何うしても島田夫婦と共に暮したと云はねばならなかつた。（同116）

これは、「島田夫婦」、すなわち、養父の塩原昌之助夫婦が、廃業して空き家になっていた新宿の妓楼「伊豆橋」へ転居した頃の記憶である。明治四年（一八七一年）のことであり、金之助は四歳であった。[7]

石川悌二の『夏目漱石』によれば、「伊豆橋」は、（漱石の異母姉・佐和と夫婦になった）「福田庄兵衛」の所有物であった。彼の父・庄次郎は根津遊廓の遊女屋の息子で、その道の経験を買われて「伊豆橋」へ婿入りした。先代の「福田庄兵衛」（四谷大番町の質商「鍵屋」）が、貸金のかたに伊豆橋を手に入れたため、次女・久に婿を迎えてこれを営ませたのである。なお、この久の妹の千枝、すなわち、「福田庄兵衛」の三女が、漱石の母である。[8]

「伊豆橋」は、甲州街道沿いで太宗寺（に入る横町）の正面に位置する。内藤新宿で一二を争う大きな遊女屋であったこともあるという。

漱石は、遊廓という、いわば悪所とは無縁のつもりでいたが、よみがえった幼い頃の記憶から明らかになったことは、自分は遊廓の中で育った、自分の身内は遊廓の経営者だったという、自分自身が妓楼に繋がっているという事実だったのである。

「たとひ娼妓だつて芸者だつて人間ですから」

同年の徳田秋声宛書簡（一九一五年八月九日付）で、「ある娼妓の一代記といふやうなものを書きたいと思ふが何うだろう」という相談があったことへの返事として、「社」の方では「女郎の一代記といふやうなものはあまり歓迎はしない」ようだが、「たとひ娼妓だつて芸者だつて人間ですから人間として意味のある叙述をするならば」（㉔453）却って、華族や上流を種にして下劣なことを書くより立派だろうと自分は考えている、「社」にもそう伝えて条件付きで了承を得た、と力説しているのは、娼妓や芸者に対する考え方に変化があったといえるのではないだろうか。

ただし、廃娼を訴える女性への反発は変わらなかったようだ。

「明暗」の「耶蘇教のような気燄」を吐くお秀

新聞小説「明暗」（一九一六〔大正五〕年五月―一二月）の登場人物の一人に堀がいる。主人公・津田の妹・お秀の夫である。堀は「道楽者」であり、「放蕩の酒で臓腑を洗濯されたような」（九一）、おそらく、公娼・私娼、芸者その他を〝買う〟暮らしをして憚らない人物である。

「器量望みでもらわれたお秀は、堀の所へ片付いてから始めて夫の性質を知った」（九二）。

入院した津田の見舞いにやってきたお秀は、堀が保証する形で津田が京都の父から借りた金を、津田がきちんと返さないことに腹を立て、同時に、贅沢な兄と嫂・お延に怒りを募らせていたのである。

お秀は怒りを通り越して、滔々と論じて、自分が用立ててきた金を置いて出て行く。

お秀の弁論を聴かされたお延は、「秀子さんは、まさか基督教《キリスト》じゃないでしょうね」（一一一）と訊き、「真面目腐った説法をするからかい」、「彼奴《あいつ》は理屈屋だよ」「生じい藤井の叔父の感化を受けてるのが毒になるんだ」と津田は答える（同）。

ちなみに、お延は、のちにお秀を訪ねた際にも「秀子さん、あなたは基督教信者じゃありませんか」（一二九）と正面から訊き、お秀は驚いて、「いいえ」と答えている。他方、津田は、吉川夫人に対しても、お秀は「耶蘇《ヤソ》教のような気燄《きえん》を吐いた」（一三二）と形容する。

ここに描かれているのは、女性が弁舌を振るうと、クリスチャン（おそらく廃娼を訴える婦人矯風会）ではないかと疑ってかかる風潮である。しかも、作者はこうした風潮を批判的に描いているわけではない。

「明暗」連載の前年（一九一五年）には婦人矯風会が活発に活動して、天皇の即位礼関係の催しからの「醜業婦」（芸妓）の排除を訴えていたから、[9]こうした「真面目腐った説法をする」女たちへの作者の違和感が表明されているのではないだろうか。[10]

2．漱石と芸者――吾輩は猫（芸者）である

娼妓・妓楼への違和感・距離感とは対照的に、漱石作品と漱石の生活において、芸者は身近にいる存在であり、また、漱石自身、芸者という存在に自分に近いものを感じている。漱石は、芸者、なかでも、「一番若くて一番奇麗な奴」の美しさを絶賛する。

「吾輩は猫である」と芸者

「吾輩は猫である」には、初回（『ホトトギス』一九〇五年一月号）から美しい芸者の賛美がある。

「吾輩」が主人（苦沙弥）の日記を覗いてみると、「あの人の妻君は芸者だそうだ、羨ましい事である[11]」とあけすけな願望が書かれている。さらに、別の日の日記には、「〔前略〕池の端の待合の前で芸者が裾模様の春着をきて羽根をついていた。〔中略〕宝丹の角を曲ると又一人芸者が来た。これは脊《せい》のすらりとした撫肩の恰好よく出来上がった女で、着ている薄紫の衣服《きもの》も素直に着こなされて上品に見えた[12]」とある。

なお、「猫」、「吾輩は猫である」という題名をつける時、「猫」が芸者の異名であることを知らなかったはずはない。人間世界を斜《はす》に見る「猫」の立ち位置は、漱石自身が思い描いた自分の立ち位置であろう。その意味でも、漱石は「芸者」に親近感を持っていたのである。

「坊つちやん」と芸者

「坊つちやん」（『ホトトギス』一九〇六年四月号）の結末は、「赤シヤツ」が、「御座敷はこちら？」と這入って来た芸者たち、そのなかでも、「一番若くて一番奇麗な奴」（②365）、「鈴ちやん」と「関係なんかつけとる」ことに憤慨した山嵐が、坊つちやんを誘って、「角屋」（宿屋兼料理屋）に目をつけ、「彼奴《あいつ》が芸者をつれて、あすこへ這入り込む所を見届けて置いて面詰する」（②375）ことにして、「今夜七時半頃あの小鈴と云ふ芸者が角屋へ這入つた」ところで、二人で待ち伏せするという展開である。脚光をあびる「マドンナ」の他方で、座敷に来る芸者のうちで「一番若くて一番奇麗な奴」への賞賛は言うまでもない。

「テコ前姿」

この頃、書簡（中村古峡宛、一九〇七〔明治四〇〕年五月二六日付）で次のように書いている。

今日は上野をぬけ浅草の妙な所へ散歩したらつい吉原のそばへでたから丁度吉原神社の祭礼を機として白昼廓内を逍遙して見たが娼妓に出逢ふ事頻りなり。いづれも人間の如き顔色なく悲酸の極なり。帰りがけにある引手茶屋の前に人が黒山の如く寄つて居るので覗いて見たら祭礼の為め芸者がテコ前姿で立つて居た。夫れが非常に美しくて人形かと思つて居たら、ふいと顔を上げたので矢張り生きて居ると気がついた。（㉓53）

「テコ前」、すなわち、手古舞とは、木遣《きやり》を歌って山車《だし》の先駆をする舞である。「テコ前姿」とは、そのための衣装をつけた、すなわち、男髷《まげ》、右肌ぬぎで脚絆などの衣装をつけた、粋な、芸者の男衆姿である。

手紙の前半では娼妓が「人間の如き顔色なく悲酸の極」であると言っており、娼妓に同情しているようにも見えるが、むしろ、後半の芸者の「テコ前姿」の賛美が際立っている。一言で言えば、吉原の「引手茶屋の前に」非常に美しい芸者がいた、「テコ前姿」が魅力的だったと言っているのである。

「それから」と都会の芸妓《げいしゃ》

新聞小説「それから」（一九〇九年六月―一〇月）では、「芸者と関係をつける」（特定の芸者と関係を結ぶ）ことが日常的なこととして語られている。「此男がある芸妓《げいしゃ》と関係《かかりあ》つて、何時《いつ》の間にか会計に穴を明けた」（⑥26）という言葉があり、また、「生涯一人でゐるか、或は妾を置いて暮すか、或は芸者と関係をつけるか、代助自身にも明瞭な計画は丸でなかつた。只、今の彼は結婚といふものに対して、他の独身者の様に、あまり興味を持てなかつた事は慥《たしか》である」（⑥122）という表現がある。あるいは、また、「代助の右隣には自分と同年輩の男が丸髷に結《いつ》た美くしい細君を連れて来てゐた。代助は其細君の横顔を見て、自分の近付のある芸者によく似てゐると思つた」（⑥192）ともある。

「それから」では、また、都会の芸妓《げいしゃ》に、自由な都会人の代表（性の自由を含む）という肯定的な視線を向けている。「代助は、感受性の尤も発達した、又接触点の尤も自由な、都会人士の代表として、芸妓《げいしゃ》を撰んだ。彼等のあるものは、生涯に情夫を何人取り替えるか分らないではないか。普通の都会人は、より少なき程度に於て、みんな芸妓ではないか。代助は渝らざる愛を、今の世に口にするものを偽善家の第一位に置いた」（⑥199）、と。（なお、「趣味の遺伝」と「それから」では「芸妓《げいしゃ》」とルビを振つている。）

ちなみに、「草枕」（『新小説』一九〇六年九月号）では、「都会に芸妓と云ふものがある。色を売りて、人に媚びるを商売にして居る」（③91）とあり、「わが容姿の如何に相手の瞳子《ひとみ》に映ずるかを顧慮する」例として、すなわち、「此芸妓に似たる裸体美人」で充満する西洋画批判のための否定的な例として使われていた。

芸者との接触は、満鉄総裁である親友の是公とのつきあいによるところもある。「それから」の執筆がようやく結末に近づいた翌日の日記（一九〇九〔明治四二〕年八月六日）に、「三時半頃から飯倉の満鉄支社に赴く。是公に逢ふ。〔中略〕夫から木晩《（挽）》町の大和とかいふ待合へ行く。〔中略〕傍に坐つてゐた芸者の扇子に春菜の句がかいてあつた。」（⑳66）とある。

なお、じつは、漱石らの暮らしの中にも芸者はいた。連載「硝子戸《ガラスど》の中《うち》」（一九一五〔大正四〕年一月―二月）の三六回では、「長兄」に関して、訪ねてきた女性が、「兄さんは死ぬ迄、奥さんを御持ちになりやしますまいね」と三番目の兄に確かめた、「元柳橋の芸者をしてゐる頃、兄と関係があつたのだという話を、私は其時始めて聞いた」（⑫608）とある。長兄は、じつは、柳橋の芸者と関係があつたのである。

「硝子戸の中」一七回では、漱石が「小倉の袴」をはいた頃の話として、「庄さん」（「福田庄兵衛」）が、「東屋《あずまや》」という芸者屋に関係していた。そこで知り合った若い芸者・咲松《さきまつ》（御作）のことを最近漱石が床屋に聞くと、領事館に関係のある旦那と浦塩《ウラジオ》へ行って間もなく、二十三で死んだということだった。

老妓の話

日記（一九一二〔明治四五〕年五月六日）に、「市原君が約束の通り老妓の話を聞きに連れて行く」とあり、老妓「御作」の話を聞きに行く。そのメモの中に熊本の春日でのこととして次のようにある。

○検査に行けといふ。段々聞いて見ると二枚鑑札[13]だといふ。どうれで《(ママ)》相場が高すぎると思ったさうである。所が夫れには親元の印がいるので清川がわざ〳〵大阪へ出掛けてあまきに掛合ふと、当人が承知だから仕方がないやうなもの丶、他日もしあの時に判を押して呉れなかつたならと恨む時機が来ないとも限らないから是許りはどうしてもいやだ〔と〕云つて承知しなかった
○其内梅の屋のものと懇意になつて親子見やうな間柄で、梅の屋にゐて贅沢をいつて暮すやうになつた。〔後略〕(⑳385)

漱石がなぜ老妓の話を聞きに行ったのかは不明だが、芸者に興味を持ち、いずれ描く時のための準備ではなかっただろうか。漱石は、老妓の話を通して、芸妓の人生を知るのである。

「行人」の「あの女」

漱石作品の中で、「芸者」である人間がある程度の長さで扱われるのは、新聞小説「行人」の「あの女」である。一九一二年一二月に始まった「行人」の連載は、翌年四月に中断されるが、「あの女」は、「友達」(第一章に相当)に登場する。[14]

「友達」とは「三沢」のことで、その一八で「あの女」が出てくる。

「自分」(次郎)は三沢の入院している病院で、「偶然あの女を見出《みい》だした」。そして、苦しそうに体

を曲げているのを見て、「「あの女」の忍耐と、美しい容貌の下に包んでいる病苦とを想像した」。
「あの女」について言うと、三沢は「それは無論素人なんじゃなかろうな」と聞いた。
「芸者ならことによると僕の知っている女かもしれない」と三沢は言う。（一九）
「彼の語る所によると「あの女」はある芸者屋の娘分として大事に取扱かわれる売子《うれっこ》であった。」（二三）。自分は、「ただ綺羅を着飾った流行の芸者と、恐ろしい病気に罹った憐な若い女とを、黙って心のうちに対照した」。（同）
「「あの女」の本当の母というのを、三沢はたった一遍見たことがあると語った。」「その母というのは自分の想像通、あまり楽な身分の人ではなかったらしい。」（二四）
「いくら親でも、ああなると遠慮が出来るんだね」と三沢は言い、自分が、「他人の下女が幅を利かしていて、実際の親が他人扱いにされるのは、見ていても余り好い心持じゃない」と言うと、「いくら親でも仕方がないんだよ。〔後略〕」（同）と応えた。
漱石が「友達」の章で「あの女」について描く意味は必ずしも明らかではないが、「あの女」とは、漱石が、長期の入院中に、（「美しい看護婦」とともに）興味を引かれて、じっと観ていた対象ではないだろうか。漱石はここで、美しいというだけはなく、芸者という一人の人間の境遇と人生に踏み込もうとしているのである。
なお、この他では、「明暗」で小林は津田に、自分には服装でレディーと芸者の区別をすることなどできない、「事実当世に所謂《いわゆる》レデーなるものと芸者との間に、それ程区別があるのかね」（一五六回）と挑戦的に言う。

また、実生活では、一九一五（大正四）年三月に京都へ行った時、祇園の文学芸者・磯田多佳と知り合いになっている。日記によれば、腹痛を起こし、多佳のお茶屋「大友」に泊めてもらって世話をしてもらった。それ以来、「御多佳さん」と手紙のやりとりがあった[15]。

以上のように、漱石の作品と生活において、娼妓、妓楼は、実際には関わりのないもの、関わってはならないものであり、「吉原」として、すなわち、世間一般の話題として語るべきものであった。だが、実生活において、自分というものの誕生、自身の人生が妓楼と深く関わっていることを思い知らされる。他方、芸者・芸妓は、自分の日常生活の延長上に存在していた。当初、（娼妓と対比するかのように）若い芸者の希有な美しさを愛でていたが、やがて、芸者という一人の人間の人生に踏み込もう、言い換えれば、美しさを賞翫する「客」や世間という立ち位置から出ようとする。

注

1 「吾輩は猫である」、三八八頁。
2 同前、四三〇頁。
3 拙著『近代日本　公娼制の政治過程――「新しい男」をめぐる攻防・佐々城豊寿・岸田俊子・山

川菊栄』（白澤社、二〇一六年）、八七－八八頁。
4　同前、七六頁。
5　なかでも、一九〇〇年九月五日の救世軍等と貸座敷側との衝突（吉原遊廓、洲崎遊廓）は絵入りで華々しく報道された（「吉原遊廓の椿事」、『東京朝日新聞』九月七日）。同前、六八－六九頁。
6　同前、八七頁。
7　拙著『良妻賢母主義から外れた人々――湘煙・らいてう・漱石』（みすず書房、二〇一四年）、二五〇頁。
8　石川悌二『夏目漱石――その実像と虚像』（明治書院、一九八〇年）、一六－一七頁
9　前掲拙著『近代日本　公娼制の政治過程』、七六－七七頁。
10　前掲拙著『漱石の個人主義』二七五－二七六頁。
11　「吾輩は猫である」、一九頁。
12　同前、三三頁。
13　「二枚鑑札」とは、芸妓が性病検査を受けて正式に娼妓を兼ねること。
14　「行人」の引用は新潮文庫（新潮社、一九五二年・二〇一一年改版）による。数字で章を示す。
15　河内一郎『漱石のマドンナ』（朝日新聞出版、二〇〇九年）Ⅱの9。

補論　近代公娼制成立をめぐる考察

補論1　大久保利通と「公娼」

1. 農奴解放・奴隷解放・「芸娼妓解放」
2. 公娼制の再確立
3. 内務卿大久保利通・伊藤博文による公娼制の近代化
4. 司法省を抑えて東京警視庁・地方官の管轄へ
5. 考察

「漱石と娼妓、漱石と芸者」でみたように、近代日本において、娼妓は限られた場所でではあるが不可分のものとして存在しており、また、社会生活で芸者の出番は少なくなく、同時に、芸者と娼妓の境界は明瞭ではなかった。江戸時代ならまだしも、近代日本で、どうして、どのような過程を経て、公娼制、言い換えれば、娼妓や芸者を擁する遊廓とその一帯が成立したのであろうか。

なお、性売買は古今東西どこにでもあるではないかという声も耳にするが、近代日本で成立した「公娼」という制度（「公娼制度」、公娼制）は、検黴《けんばい》（性病検査）を導入した点で英仏等に倣いながら、同時に、「前借金」（前もっての借金。事実上の売買）による身柄の拘束（「年季」「年期」）を伴うという点で特異なものであった。

つまり、警察への登録と性病検査というフランスの公娼制（licensed prostitution）を念頭に置きながらも、従来の「身売り」という制度（人身売買と拘束下での性売買）、すなわち、娘を「借金」でがんじがらめにして身柄を捕らえたうえで性売買をさせるという慣行には、基本的に手を着けなかったのである。

言い換えれば、貧困に苦しむ農村等で娘を買い歩く女衒《ぜげん》や、都市の遊廓業者、高利貸しなどの活動を押さえないまま、借金（「前借金」）返済という名目で、「娼妓」が自由意志で「出願」して鑑札を受けて営業するという、一見文明的な形式を整えたのである。同時に、その全体を、警察、地方官、さらに、裁判所という「公」が支えた。つまり、近代で廃止すべき「身売り」の慣行を、「公」の制度として整備したのである。

この「公娼」が作られていく過程における、近代日本創成期の指導的政治家である大久保利通（初代内務卿）の役割について検討してみたい。というのも、政治指導者としての大久保は、概して、性急な出兵と戦争政策（「征韓論」等）を押し止め、国内建設を優先するという方向（内地優先）へ舵を取ったとみなされているが、江戸時代の公娼制を、廃止するのではなく、近代において再構築するという逆説を現実のものとするうえで、主導的な役割を果たしたとみられるからである。

なお、本章は、拙著『近代日本　公娼制の政治過程』（二〇一六年）第一章の2、3、4を元に、近代日本における「公娼」成立と大久保利通の役割という観点から整理したものである。拙著中の該当箇所を「（　頁）」のように、本文中に表示した。

1．農奴解放・奴隷解放・「芸娼妓解放」

オールコックの『大君の都』

幕末の日本における、人身売買と遊廓等での性売買の慣行（総じて江戸時代の公娼制）は、すでに周知の事実であった。大英帝国の初代駐日公使オールコック（Rutherfort Alcock）が『大君の都』（*THE*

CAPITAL OF THE TYCOON, 1863）で厳しく批判していたからである。日本では「父親が娘に売春させるために売ったり、賃貸ししたりして、しかも法律によって罪を課されないばかりか、法律の認可と仲介をえているし、そしてなんら隣人の非難もこうむらない」、「日本では人身売買がある程度行われている。なぜなら、娘たちは、一定の期間だけではあるが、必要な法律的形式をふんで、売買できるからである。少年や男についてもそうであろうとわたしは信じている」と。[1]

したがって、ロシアでは農奴解放令（一八六一年）、アメリカ合衆国では奴隷解放宣言（一八六三年）が出される時代に「文明国」の仲間入りをするためには、人身売買に基づく性売買の慣行に対して何らかの対応が必要である、こうした認識は、留学生をはじめ日本の一部にははっきりとあったのである（二一頁）。

津田真道の「人ヲ売買スルコトヲ禁スヘキ議」

幕末に四年近くオランダに留学していた津田真道（真一郎）（刑法官権判事）は、明治二（一八六九）年三月、人身売買の禁止を太政官に建議した（「人ヲ売買スルコトヲ禁スヘキ議」）。

その内容は、「牛馬ニ同シウスルモノ」である「奴婢」は消失しつつあるが、「年季中ハ牛馬同様ナルモノ」である「娼妓」が今なお残っている、この「娼妓」をなくすために人の売買を禁止したい、ただし、娼妓をなくすことはまだできないから（「尤《もっとも》娼妓ヲ無クスルコトハ未ダ出来ヌコトナレバ」）、遊廓はそのままにして、娼妓が、西洋諸州のように「所謂地獄売女」（自売の遊女、私娼）同様にふるまえばよい、というものである。

つまり、津田は、人身売買・性売買政策として、人身売買（「身売り」）をなくして西洋並みにすればよいと建議したのである。言い換えれば、概して男達（知識人・政治家）は、人身売買の方はなくして――自分達が西洋で見てきたように――「自売」の遊女にすればよいだろうと考えたのである。同時に、その多くは、（人身売買の終着点としての）遊廓そのものの解体が問題になるとは考えなかったのである。（一二一頁）

新律綱領――「人ヲ略売シテ娼妓トスル」罪

おそらくこうした文脈で、明治三（一八七〇）年一二月に下付された刑法典・新律綱領（全一九二条）に、人（女）をかどわかして娼妓に売り飛ばすことが禁じる条文を入れられた。賊盗律中に「略売人」の条が設けられ、それは、娼妓に略売する罪から始まる（「凡《およそ》人ヲ略売シテ娼妓トスル者ハ、成否ヲ論セズ、皆流二等、妻妾奴婢トスル者ハ徒二年半」）。

マリア・ルス号事件

親が娘を売って業者が性売買を強制する「身売り」の慣行は、「人身売買禁止」という文明社会の基準に抵触し、日本という国が指弾されるのではないかという恐れは、横浜でのマリア・ルス号事件の裁判過程で現実の悪夢となる。

明治五年六月四日（一八七二年七月九日）、ペルー国籍のマリア・ルス号が、暴風雨にあって横浜港に避難してきた。ところが、乗せられていた清国人（苦力《クーリー》）の一人（木慶）が逃亡して、イギリス軍艦に保護され、日本に引き渡されたのである。

すでに明治四年一〇月（一八七一年一一月）には、条約改正を念頭に、岩倉具視（右大臣）・木戸孝允（参議）・大久保利通（大蔵卿）・伊藤博文（工部大輔）等の岩倉使節団が米欧に旅立っていたから、矢面に立たされたのは留守政府（太政官正院は三条実美・西郷隆盛・板垣退助・大隈重信）であった。

木慶はいったん船に戻ることになったが、船内での拷問をイギリス代理公使R・G・ワトソンが確認し、日本が処断するように外務卿副島種臣に強く働きかけた。

だが、ペルーとの間に外交関係はなく、日本の介入は、慶応三年（一八六七年）に結ばれた横浜の居留地取締規則（第四条）に抵触する恐れがあった。にもかかわらず、ワトソンの後押しを受けた副島の主導で、結局、日本は、この事件を審理することになる。[2]

七月一日（八月四日）、副島から神奈川県権令《ごんれい》大江卓に調査の指令が発せられた。なお、大江を神奈川県参事に招いたのは県令陸奥陽之助（宗光）であるが、陸奥は、領事裁判権の問題があるため、神奈川県が裁判を担当することに（司法卿江藤新平とともに）反対して六月一八日に県令を離任していた。かわって、大江が神奈川県権令に任命されたのである。

七月四日、大江は、G・S・ヒル（神奈川県法律顧問）に助けられて木慶と船長リカルド・ヘレイラに対する審理を始めた。これには在神奈川イギリス領事ラッセル・ロバートソンが列席した。七月一六日に船長に対する審理が再開されるが、直前の一三日には、ワトソンが協力を要請したN・J・ハナン（神奈川領事裁判所に派遣されていた上海高等法院代理判事）が、訪れた外務大丞《だいじょう》花房義質《よしもと》に対して、日本の奴隷関係（遊女奉公）等の残存如何を質問したうえで、遊女契約等がある以上船長に対する強硬な判決は控えた方がよいと助言していた。[3]

おそらくこの助言を勘案して、大江は、日本の刑法によれば有罪であるが、本件の諸事情を勘案して特別に無罪とし、出帆を許可するという判決を下した（七月二七日）。（二四頁）

大蔵省意見書（陸奥宗光起草）

他方で、大江は、人身売買の禁止を司法省に建言した。それを受けた司法省はその方法を模索し、太政官正院に建言した。正院は大蔵省に下問した。そして、これを受けて、七月三〇日、井上馨（大蔵大輔）が意見書を提出するのである（『世外井上公伝』）。[4]

大蔵省意見書（「大蔵省答議」）[5]は、前文で、まず、「数百年ノ弊習」が「一洗」されたにも関わらず、「人ノ婦女ヲ売買シ」、「遊女芸者其他種々ノ名目」で、「年期ヲ限リ或ハ終世其身心ノ自由ヲ束縛」して渡世する者がいる、これは、かつてアメリカにあった「売奴ト殆ント大同小異ノ景況」であり、嘆かわしいことであると述べる。

次いで、今般神奈川県へ命じられたペルー船に乗り込んだ「略売支那人」の裁判では、「皇政ノ仁恵ヲ他国人民ニマテ」及ぼすことができたが、国内に「売奴同様ノ人民共」がいては「皇国人民ノ大《おお》耻《はじ》」であるから、この機会に「其束縛ヲ解放セシメ其人権ノ自由ヲ得セシメ」たいと述べる。

これに太政官布告案が付けられており、「第一条御布告案」として、年季奉公等種々の名目で人身売買同様のことをすることを今後厳禁するとする。（「人身ヲ売買致シ終生又ハ年期ヲ限リ其主人ノ存意次第虐使イタシ候儀ハ、天道人倫ニ背キアルマシキ次第ニ付古来制禁ニ有之候処」、「末々ノ者、年季奉公等種々ノ名目ヲ以テ奉公住致サセ、其実売買同様ノ所業ニ陥リ、以テノ外ノ事」である、と。）

「第二条布告案」では、「今般人身売買厳禁」が仰せ出されたことをうけて、従来の渡世の者を一定の条件下で認めるために四つの規則（「遊女貸座敷規則」「抱遊女女芸者等処分規則」「遊女芸者等取締規則」「遊女規則」）を置くとする。

なかでも「遊女規則」では、「第一則」で、「遊女渡世ヲ願フ者ハ本人真実ノ情願タル旨」「親族尊長二人以上」の保証を以て「戸長副戸長奥印ノ上」管轄庁へ願い出て、「免許鑑札」を受けることとし、その他にも、免許地以外での厳禁、免許は一年限り（ただしやむを得ない場合は再び願い出ること可）、「免許鑑札」交付と「税金」納入、十五歳未満の者の禁止、毎月三度の「検査」等を定める。

この意見書の起草者は、じつは、井上馨自身ではなく、陸奥宗光（租税頭）であると、陸奥の杉浦譲宛書簡（八月一三日付、同一九日付）から明らかになった。[6] 同書簡によれば、陸奥は、「売奴禁止」（奴隷売買禁止）を提起していたのであるが、正院の対応が遅々として進まないため、「毎日三職諸公ニ面ス」機会のある杉浦に働きかけを依頼したのである。

なお、陸奥は、神奈川県令（明治四〔一八七一〕年一一月-明治五年六月）であったから、横浜の遊廓

事情に通じていたはずである。（二七頁）

第二の裁判での遊女の年季証文問題

マリア・ルス号事件は、さらに、船長側が清国人たちを訴えたため、第二の裁判に入った。神奈川県裁判所で、この移民契約書の有効性、つまり、奴隷売買契約書であり無効ではないのかをめぐって八月一六日から二一日まで審理が行われた。

弁論で、船長の弁護人であるイギリス人弁護士F・V・ディキンズは、日本の法律に照らしても、この契約を強制執行させることは妥当であるという論陣を張った。そして、その例として、遊女の奉公契約（身売り奉公の証文）を取り上げて、そして、この契約は、「日本の法律によって執行され、また厳しい強制力をもっている」、さらに、「奉公の権利は、譲渡可能」であり、「承諾する能力もなく結果もしらないような未成年者をしばしば就業させている」、しかも、こうした制度は、政府によって直接認可され、管理され、政府の重要な歳入源になっていると指摘した。また、その際には、横浜に黴毒《ばいどく》治療院をつくったジョージ・ニュートン（英国海軍医師）の小冊子（一八六九年）から引用した[7]。そこには、三ヶ月間に一四三〇七人を診療し、四五二人の病体を発見し加療したとあった[8]。

マリア・ルス号の裁判は、領事裁判権問題があることから、諸外国注視の中で行われたものである。しかも、条約改正を念頭に岩倉使節団が派遣されている最中の出来事であった。こうした場で、遊女奉公が実質的に奴隷売買であり、かつ、日本国内で合法であると指摘された日本政府の衝撃は想像に

かたくない。なお、判決（八月二五日）は、御雇い外国人が作成したとみられる長文のもので、被告勝訴となった。（二八頁）

「芸娼妓解放令」及び「牛馬ときほどき令」

一〇月二日、太政官から、いわゆる「芸娼妓解放令」（太政官達第二九五号）が出された。第一項で、従来「年期奉公等種々ノ名目」で行われている「其実売買同様ノ所業」を厳禁し、第四項で、「娼妓芸妓等年季奉公人」の「一切解放」を命じるものである（「娼妓芸妓等年季奉公人一切解放可致、右ニ付テノ貸借訴訟総テ不取上候事」）。

続いて同月九日には、司法省から、いわゆる「牛馬ときほどき令」（司法省達第二二号）が出された。娼妓芸妓等に対して借金の返済を求めることを禁じたものである。

第一項で、「人身ヲ売買スルハ古来ノ制禁」であるのに「其実売買同様ノ所業」が行われていると して、「娼妓芸妓等雇入ノ資本金」は「贓金ト看做ス」とした。さらに、第二項で、娼妓芸妓は人身の権利を失う者で牛馬に異ならないから、娼妓芸妓への返済請求は無効であるとした（「同上ノ娼妓芸妓ハ人身ノ権利ヲ失フ者ニテ牛馬ニ異ナラス。人ヨリ牛馬ニ物ノ返辨ヲ求ムルノ理ナシ」）。第三項では、さらに、金銭がらみで「養女ノ名目」にして「娼妓芸妓ノ所業」をさせる者は、実際上「人身売買」に他ならないから、厳重に処置せよとした。

二つの法令を合わせると、芸娼妓契約と金銭の返済請求を共に無効とするものである。つまり、「身

売り」に基づく遊廓等での性売買の制度（江戸時代の公娼制）を根幹から崩すものであった。（三〇頁）

永年期奉公廃止に向けた司法省の動き（「奉公人年期定御布告案」）

じつは、「娼妓芸妓等年季奉公人」の「一切解放」を命じた芸娼妓解放令へ向かう動きに先行して、四月に司法卿に着任した江藤新平が中心となって、事実上の人身売買である長期の年季奉公（「永年期奉公」）を廃止すべく、六月二三日、司法省から正院に「奉公人年期定御布告案」の伺《うかがい》が提出されていた。[9]

伺は、前文で、「人民自主ノ権利保護」の趣意が追々徹底してきているが、「従来男女共ニ永年季奉公ト唱エ、其実ハ角兵衛獅子《かくべえじし》又ハ娼妓ノ類《たぐい》トナシ」、「牛馬ニ均シク」酷使されている者がいるとして、こうした「習弊」の「御一洗」を訴えている。

これに布告案（「奉公人年期定《さだめ》御布告案」）が付されており、そこでは、第一項で、金銭がらみで男女を取引する、又は、永年期奉公あるいは養子女の名目で身分を買い取ることの一切禁止（「金談ニ付男女ヲ取引致シ、又ハ永年期奉公或ハ養子女ト唱ヘ身分買取候儀、一切可為禁止事」）、第四項で、「娼妓角兵衛獅子ノ類」の新規召し抱えは満一年限りで延期は不可（「娼妓角兵衛獅ノ類新規召抱候儀ハ、満一年ノ外ハ延期不相叶候事」）、但し、現在「永年期約条」で召し抱えている分は、「満三年」以下に証文を改めること等を規定している。

この司法省の伺に対して、左院から、「男女永年季奉公」に関する提案に異議はないが、積年の習弊を一朝一夕に改めることはできず、堕胎も盛んになるであろうから、育児院の方法を確定する必要があるという異見（左院異見　七月三日）が出された。

さらに左院は、大蔵省意見書に対しても、布告案の第一条に異存はないが、第二条は「公然淫楽」を許可するように聞こえるから、採用しない方がよいとした（八月）。また、さらなる司法省伺（八月二八日）に対して、問題点を指摘した上で、「従来ノ娼妓芸妓等年季奉公人一切解放可致、右ニ付テノ貸借訴訟総テ不取揚候事」という抜本的な布告案を提示した（九月五日[10]）。

以上のように、「娼妓角兵衛獅子ノ類」を念頭に永年期奉公廃止に向けて司法省が動いていたところへ、マリア・ルス号事件が勃発し（明治五年六月四日）、司法省の「奉公人年期定御布告案」の提出（六月二三日）、さらに、マリア・ルス号事件調査の指令（七月一日）、司法省案に対する左院異見の提出（七月三日）、マリア・ルス号事件裁判（第一次、刑事）の開始（七月一六日）・判決（七月二七日）、そして、芸娼妓に関する大蔵省意見書の提出（七月三〇日）と続いた。

そのうえで、マリア・ルス号事件裁判（第二次、民事）の開始（八月一六日）・判決（八月二五日）、さらに、左院による抜本的な布告案の提示（九月五日）と動いたのである。

つまり、おそらく、直接にはマリア・ルス号事件裁判（なかでも第二次）の衝撃を機に、左院から抜本的な布告案が出され、そして、それを元に、芸娼妓に焦点をしぼったいわゆる「芸娼妓解放令」（太政官達第二九五号、一〇月二日）が出されたのである。（三二頁）

2. 公娼制の再確立

東京府による「貸座敷屋並娼妓」の許可（東京府令達第一四五号）

ところが、さらに一年余りした一八七三（明治六）年一二月一〇日、「東京府知事大久保一翁《いちおう》」から「市在区々」の「戸長」に宛てて、「吉原品川新宿板橋千住五ケ所」で「貸座敷屋並娼妓」を許可する旨の指令が出された。「近来市街各所ニ於テ売淫遊女体ノ者増殖」していることを放置できないとして、「自今吉原品川新宿板橋千住五ケ所」の他は「貸座敷屋並娼妓」に類する所業を禁ずる（つまり、この五ヶ所では許可する）旨（ただし根津は別途）が達せられた（東京府令達第一四五号）。

そして、これには、「貸座敷渡世規則」「娼妓規則」「芸妓規則」が付されていた。総じて、戸長に芸娼妓に鑑札を交付する権限を与えて、賦金（鑑札交付と引き換えに芸娼妓と貸座敷業者から徴収する税金）を東京府に上納させるというものである。

各規則は大蔵省意見書に酷似している。なかでも「娼妓規則」には、「娼妓渡世本人真意ヨリ出願之者ハ」「情実取糺シ」た上で「鑑札」を渡すこととあり、その他にも、十五歳以下の禁止、免許貸座敷以外での渡世の禁止、「鑑札料」、月二回の「検査」とある。（ちなみに、大蔵省意見書では、「遊女渡世ヲ願フ者ハ本人真実ノ情願タル旨」願い出による「免許鑑札」交付、十五歳未満の禁止、免許地以外での厳禁、「税金」納入、月三回の「検査」であった。）

ところが、大蔵省意見書にあった「人身売買厳禁」への言及はなく、同時に、大蔵省意見書が免許は原則一年限りとしたのに対して、年季の制限もない。事実上の人身売買となる「前借金」や長期の年季が暗黙の前提とされているのである。

言い換えれば、廃業に向けて限定的な許可政策を提唱した大蔵省意見書をも採り入れて——しかも、管轄庁への願い出、「免許鑑札」交付と「税金」納入、「検査」という、陸奥が考案した「文明」的な新形式を採り入れて——従来通りの、地域を限って公然と許可する路線が息を吹き返したのである。

こうして、「前借金」による拘束（「年季」ないし「年期」）を放置したままで、「娼妓」が、自由意志で（「出願」）、「貸座敷」業者から座敷を借りて、「鑑札」をうけて営業するという一見近代的な形式が整えられたのである。同時に、管轄を地方に移すことで、理屈上、国・政府は「人身売買」の汚名から解放されることになる。（三三頁）

東京府令達第一四五号への大久保利通の関与の度合い

東京府令達第一四五号に関する大久保利通の関与は明らかではない。とはいえ、東京府令達第一四五号が発せられた時期は、いわゆる征韓論政変の大久保主導の終熄と、参議の陣容の激変[11]、さらに、大久保提唱による内務省の新設（一八七三年一一月一〇日）と初代内務卿への大久保の就任（同月二九日）がなされた後である。したがって、事実上新政府の統率者となった大久保の意に反して出されたとは考えにくい。また、大久保一翁と盟友関係にある旧幕の中心・勝海舟が参議に入った後でもある。こうした政府の新たな体制下で東京府がこの路線を打ちだしたわけであるから、東京府令達第一四五号の背後に、国と内務省の意向、少なくとも黙認があったとみても大過ないであろう。

具体的には、東京府令達第一四五号に先だって次のような経緯があった。太政官は、早くも一八七二年一一月五日、東京府の伺に対して、娼妓稼業は各自の自由に任せる、政府は制度を設けない、管理は地方があたる（「娼妓解放後旧業ヲ営ムハ人々ノ自由ニ任スト雖《いえども》地方官之ヲ監察制駁シ悪習蔓延ノ害ナカラシム」）旨の布達を出した。また、地方からの伺に対しては、東京府への指令に準拠せよとした（一一月二〇日）。

次いで、東京府と司法省警保頭の連名で、遊女・芸妓の名称を廃し、「芸者」と一括して規制する内規則を各方面に送った（一八七三年一月二四日）。これに対して、大蔵省が、「徒ラニ其名ヲ美ニシテ」は「淫風ヲ誘導スル」ことになる、「辺隅区郭」を貸座敷に定めて、（「歌舞ノ技」のみとする）芸妓と、娼妓とを峻別すれば、「賤業」「醜悪不廉耻」であることを知らしめることができると、東京府へ再議を命ずるよう太政官に建議した（二月一四日）。この後正院から指示がない中で、東京府は、結局、太政官（右大臣岩倉具視宛て）に伺を出した（一一月[12]）うえで、第一四五号の発布に踏み切ったのである。[13]

3. 内務卿大久保利通・伊藤博文による公娼制の近代化

この後、公娼制の近代的改変・整備を指揮していくのは、内務卿大久保利通と、それを引き継いだ伊藤博文に他ならない。二人がとりわけ心を砕いたのは――江藤新平ら留守政府が腐心した「芸娼妓解放」「人身売買厳禁」などではなく――政府の公娼制方針(集娼・明許)の貫徹と、大英帝国並みの黴毒病院の建設・検黴(性病検査)の整備であった。

横浜にならって神戸に黴毒病院を建てるという問題

この頃、横浜にならって神戸に黴毒病院を建てるように、英国公使パークスが強く迫っていた。言い換えれば、大英帝国の方面からは、初代公使オールコックをはじめとする「人身売買」・性売買に対する批判と、次いで、(それには関わらず)性売買地域に黴毒病院を設けよという、相反する二つのメッセージ・要求が出ていたのである。

そして、大久保は、後者をとり、黴毒病院を建設するように兵庫県令神田孝平に迫ったのである。だが、黴毒病院を設立すべしという内務省(大久保)からの要請(一八七四年五月二九日)に、兵庫県令神田孝平が独自の立場から執拗に抵抗した(六月一三日付大久保宛書簡)[14]。

神田は、「今般英公使ヨリ黴毒病院ノ義ニ付申立候次第も有之〔中略〕」、横浜の例に倣って検討してみたが、兵庫では従来柳原・福原の二カ所以外一切禁止であったところ、居留地・雑居地での「外国人抱女」などの隠売女《かくしばいじょ》（公に認められたもの以外のいわゆる私娼）が多くなり、その取締りの見込みが到底立たない、そこで、去年の春（つまり、内務省設置以前に）、芸娼妓・貸座敷営業を随所で明許するにいたったという事情がある、このように隠売女取締り方法に見込みが立たない以上、検黴を導入しても無益である、と主張したのである。

だが、内務省から再三の指示についに拒絶できなくなった神田は、内務卿伊藤（台湾出兵問題の交渉で清国出張中の大久保の事実上の代行）に宛てて上申書を出して黴毒病院建設を表明する（一八七四年八月三一日付）[15]。そして、九月二七日、検黴を実施すると通達し、一〇月には福原町（福原遊廓）の「万年楼」を買い上げて、翌年二月、福原病院として開院させるのである。

とはいえ、神田は、内務卿（大久保）代理に宛てて、イギリスの強い要請自体が「御国権ノ妨害」ではないかと怒りをあらわにした手紙も書いている（一八七五年一月七日付）[16]。

こうした経緯を経て、結局、神田の断行した区画の限定の解除（「集娼」の解体）自体が撤回されることになる。ちなみに、兵庫県令神田は、第一回地方官会議（一八七五年六月）で幹事長に選出されるほど実力のある人物であったが、公娼制と検黴に関する内務省の方針（「集娼」政策の継続と検黴）に押し切られたのである（四〇頁）。

なお、伊藤博文（俊輔）は、すでに慶応三年（一八六七年）一〇月頃、神戸で外国人相手に性売買をする女性の斡旋を手配していたとみられる[17]。

検黴を組み込んだ近代公娼制の成立には、イギリスやロシアの要求に応えて性病検査をした女性を提供するという面がまずあったが、[18]さらに、その後英国公使が、神戸にも横浜同様の黴毒病院を建設せよという具体的要求をしたのである。ちなみに、英国では、兵士の性病予防を主眼とする伝染病法（一八六四年）が導入され、警察官が娼婦とみなした女性に対して性病検査を強制する等の一連の動きが始まり、一八六九年にはさらに本格化していた。

検黴制の導入

兵庫県令神田の例で明らかなように、公娼制と検黴に関する地方の揺れ・変革の動きを抑えたうえで、一八七六年四月五日、内務省（大久保）は、「娼妓黴毒検査ノ件」（内務省達乙第四五号）を出して、全国に娼妓の性病検査を指令した。

この布達は、娼妓が黴毒の感染源であると決めつけて性病検査のターゲットにしたという点で、その後の日本の性病予防政策の方向を決したものである。[19]

検黴（強制検黴）は人間（女）の身心への重大な侵害である。英国議会は検査の強制を禁止したが、日本では検査が常態となった。[20]のちに山川菊栄は、無産政党の綱領に関する「「婦人の特殊要求」について」（『報知新聞』一九二五年一〇月五―一六日）で、強制検黴を「最大の人権蹂躙」と呼び、公衆衛生の見地からこれが必要と信じる者は、顧客（男）にも強制検黴を行うことを主張しなければならないと論じることになる（九八、二二五頁）。

以上のように、内務卿大久保は、英国公使の要求に応えて、抵抗する神田を押さえ込んで神戸に黴毒病院を設立させ、さらに、全国的な娼妓の検黴制に向けて舵を切ったのである。

4．司法省を抑えて警視庁及び各地方官の管轄へ

つづいて、娼妓・貸座敷等の許可・管理は誰の管轄なのか、同時に、私娼取締りは誰の管轄なのかをめぐる抗争が起こる。

まず、私娼取締りをめぐって、東京府と東京警視庁による司法省の追い落としが起こった。すでに、内務省設置の延長上に東京警視庁が設置され（一八七四年一月一五日）、内務省の指令を受けるものとされており、その長には、大久保の腹心・川路利良（大警視）が就いていた。川路は、司法省の存在感に憤懣やるかたなく、内務卿大久保にしきりと上書を出した。（また、同じ一八七四年一月には警保寮が司法省から内務省へ移され、のちにに警保局とされた。）

次いで、東京府と東京警視庁間の確執が起こる。これを経て、性売買対策は――公娼管理（つまり賦金の徴収）も、私娼取締り（つまり懲罰金の徴収）も――東京警視庁と地方官の手に（ひいては内務省の手に）委ねられることになるのである。

この連続した二つの抗争において、司法省御雇いギュスターヴ・ボアソナードによる、西洋の実情

に関する回答書が小さくない役割を果たしたとみられる。

こうした過程を経て、公娼制は、廃止（ないし漸進的縮小）ではなく存続が前提となり、近代的に再編されて日本社会に定着することになるのである。

公娼管理をめぐる動き

一八七五（明治八）年四月二二日、（新）吉原の貸座敷業者らが東京府と警視庁に宛て許可申請（貸座敷・娼妓・引手茶屋の三業を合わせた三業会社を設立したいというもの）を出すと、東京府はただちに（二四日）許可した。（ただし、五月七日には、内務省への伺を経ないこのような専断の処置をとったのはどういうわけかと同省から詰問されている。）これに反対する引手茶屋業者が東京上等裁判所に提訴すると、東京警視庁の川路（大警視）が、この問題は警視庁・東京府の権限内の事項であるから、訴状を受理するなと裁判所に申し入れた（六月二七日）。

裁判所が川路の申し入れを拒否すると、川路は、大久保（内務卿）宛てに長文の上申書（同三〇日）を提出する。追って書きには、売春は「賤業」であり、仏国並びに大半の欧州各国では、地方官に一任し、首都では警察が全面的に担当するというボアソナードの言葉が引用されていた。ただし、同日、裁判所はすでに判決を出していたので、川路は再び大久保宛に上申書を出す。[21]（四一頁）

私娼（許可外のもの）の取締り――改定律例の条文の廃止、司法省の排除

江戸時代には「隠売女取締」の触書が無数に出され、遊廓等の管理の他方で、隠売女取締りが盛んに行なわれた。つまり、徳川家支配地等において、性売買はお上の免許の下に置かれており、同時にそれは、それ以外の性売買の弾圧を伴っていたのである。そして、後者も、また、捕らえた「隠売女」を遊廓に引き渡して性売買をさせる等の大きな利益をあげるものであった。

新律綱領には密売淫取締りの条文はなかったが、改定律例（一八七三〔明治六年〕六月施行）で売淫取締りの条文が入れられた（「第二百六十七条　凡私娼ヲ衒売《げんばい》スル窩主《かしゅ》ハ懲役四十日　婦女及ヒ媒合容止《ばいごうようし》スル者ハ一等ヲ減ス　若シ父母ノ指令ヲ受クル者ハ罪ヲ其父母ニ坐シ婦女ハ坐セス」）。

他方、東京府は、無免許の性売買を取締るべく、一八七五年に警視庁と連名で「隠売女」取締りについて内務省に問い合わせて、同年四月四日、「隠売女取締規則」（府達第八号）を出した[22]。

これは改定律例と重ねて地方官が罰則を設けることを意味するから、東京裁判所・司法省から異議が出た。

ところが、この抗争は、結局、改定律例第二六七条の廃止によって決着するのである。

これには、川路が内務省に提出した「警視庁建議」（七月一八日）[23]の影響があったとみられる。それは、「人面ニシテ獣行ナル者」と口を極めて娼妓を罵る言葉から始まる（「凡ソ倫理ヲ敗リ名教ヲ害スル者、淫ヲ粥クヨリ甚シキハ無シ。其卑汗醜悪、所謂人面ニシテ獣行ナル者、娼妓是也」）。そして、我が国では改定律例第二六七条が私娼の取締りを規定しているが、開明諸国にはこのような法文はなく、この

野蛮の陋態を外人は嗤うであろう、取締りは「地方官適宜ノ処置ニ任」すべきであり、改定律例第二六七条は停止するのがよいというものである。

さらに、年末には法制局が、売淫・私娼取締りの国法があるのは、「公娼ハ政府ノ公認スル所、法律ノ明許スル所」であると示すことであるから、体裁がよくない等、警視庁を支持する議案書（一二月二八日付）を提出した。これには、ボワソナードの「売淫規則疑問ノ答議」（一二月二二日作成）の影響があったとみられる[24]。

そして、翌一八七六年一月一二日に太政官布告第一号が出される。改定律例第二六七条を廃止して、「売淫取締懲罰ノ儀ハ、警視庁並各地方官ヘ」任せるというものである（「改定律例第二百六十七条私娼衒売条例相廃シ、売淫取締懲罰ノ儀ハ、警視庁並各地方官ヘ被任候条此旨布告候事」）。（四三頁）

つまり、「公娼」管理のみならず、「私娼」取締りも、また、司法省を抑えて、「警視庁並各地方官ヘ」（ひいては内務省に）任せるものとされたのである。

売淫取締、貸座敷娼妓の許可事務は警視庁に（東京府達第一八号）

この直後、警視庁は「売淫罰則」を出す。すると、「売淫罰則」の懲罰金の使途の担当をめぐって東京府と警視庁との間に確執が起こり、結局、東京府は、売淫取締を警視庁に委任し、貸座敷・娼妓の許可事務は警視庁が行なうという府達第一八号を出すにいたる。

次いで、警視庁は、先の府による貸座敷規則・娼妓規則を改定した（警視庁令第四七号、一八七六年二月二四日)。この警視庁令によって、賦金の取扱は警視庁とされた。(なお、賦金の使途は、警察費とされた後、警察探偵費にかわり、そして、最終的には、地方議会がその使途を決定できる地方税に雑収入として編入される(一八八八年)。

また、内務省が、売淫罰則による懲罰金の担当事務者を各地方官および警視庁とした(内務省達乙第二五号、同年三月五日)。

こうして、一八七六(明治九)年には、「公娼」関係の規則、すなわち、貸座敷規則、娼妓規則、賦金取扱いに関する規則、検黴規則、そして、密売淫取締(「売淫取締懲罰」)に関する規則が出揃うのである。[25]

5. 考察

以上のように、黴毒病院を設立すべしという内務省(大久保)から兵庫県令への要請(一八七四年五月)を皮切りに、改定律例第二六七条の廃止(太政官布告第一号、一八七六年一月)、売淫罰則による懲罰金を警視庁と各地方官の管轄とすること(内務省達乙第二五号、同年三月)、全国的な娼妓の検黴の指示(内務省達乙第四五号、同年四月)と続き、一八七六年春には、「公娼」関係の法規が出揃った。

言い換えれば、大久保は、内務省設置(一八七三年一一月)後、ごく早い時期に「公娼」体制づくりにとりかかり、抵抗する司法省を抑えて二年でその方向を決したのである。

しかも、その初期、参議を辞した江藤新平が佐賀の乱（一八七四年二月）の旗頭となると、大久保は、軍事・行政・司法の全権を帯びて佐賀に急行して、鎮圧した。捕らえられた江藤は、本来単独で死刑を出せないはずの急設の佐賀裁判所で、死刑判決、それも梟首《きょうしゅ》（さらし首）を下されて、処刑された（四月一三日）[26]。裁判官には、司法省で江藤の部下の一人（司法少丞）であった河野敏鎌《とがま》（権大判事）をあてるという念の入れようであった。言うまでもなく、これは、司法省に対する重大な警告である。

また、横浜・神戸を擁する現地の県令である陸奥宗光・神田孝平の動きを抑えたうえでのことでもあった。


内務卿大久保による公娼制改変の要点は――「芸娼妓解放」「人身売買厳禁」を掲げて「身売り」の慣行に手を付けるのではなく――貸座敷娼妓の許可事務と賦金徴収を警視庁及び各地方官の管轄とすること、また、売淫罰則による懲罰金徴収を警視庁及び各地方官の管轄とすること、及び、検黴制の導入であった。はたして、これは、何を意味するのであろうか。

賦金額は、一八八二（明治一五）年で、大阪一〇万五八三六円、東京五万三八五〇円、京都五万一五六四円、神奈川四万六〇五六円にのぼる（内閣統計局編『日本帝国統計年鑑』第四回）。神奈川県の当時の歳出予算額が二一万円程度であるから、じつに県予算の優に二〇％以上にあたる。また、当時全国の賦金合計はおよそ七〇万円（内務省はそのうち一五万円を国庫に納入）にのぼる。一八八三年にはその五四%が警察探偵費に支出された[27]。

このように、県予算における賦金の割合は驚くほど大きい。(さらに、賦金、懲罰金にとどまらず、遊廓関連の様々な収益があったはずである。)しかも、賦金の半分以上が警察探偵費にあてられている。

こうした事態は、大久保の想定外のことなのであろうか。いや、むしろ、大久保にとって、内務省設置後早い段階で手がけた「公娼」体制づくりとは、内務省管轄下の資金を捻出するために、すなわち、警察と地方財政を支え、ひいては来るべき国造りの基盤を形成するために、真っ先に取り組むべき課題だったのではないだろうか。

概して政治指導者としての大久保利通は、性急な出兵と戦争政策(「征韓論」等)を押し止め、国内建設を優先するという方向(内地優先)へ舵を取り、さらに、そのために内務省をつくり、その下で、主に警保と勧業、すなわち、警察体制を構築し、殖産興業政策を着地させたとみなされている。

だが、同時に、内務卿時代の仕事の一つは、外国、及び、(のちには)自国軍隊の要求に応えて(重大な人権侵害である)検黴を制度化することであった。さらに、それだけでなく、内務省及び警察体制構築、反対派弾圧・懐柔のための資金として、あるいは、「地方」建設のための資金として、「公娼」に伴う賦金・懲罰金等を、腹心・川路利良と呼応して司法省を抑えながら、内務省・警視庁・各地方官というパイプラインに流し込んでいくことでもあったと言えるのではないだろうか。

その際、清国出張時以来の「文明国」の情報・論理の提供者であり[28]、しかも、フランスという、「公娼」体制（娼婦の警察への登録と性病検査）を形成、保持している代表的な国の出身であるボアソナードの回答書は大いに利用されたとみられる。それは、江藤が期待した司法省御雇いボアソナードを、江藤亡き後、大久保が活用したということでもある。

大久保利通は、内務省が設置された一八七三（明治六年）一一月から一八七八年（明治一一年）五月に暗殺されるまでの約四年半、初代内務卿をつとめた（佐賀の乱鎮圧、清国出張で東京を留守にした間は、それぞれ木戸孝允、伊藤博文が代わって内務卿をつとめた）。とりもなおさず大久保が主導したこの時期に、かつて江藤新平らが掲げた「芸娼妓解放」「人身売買厳禁」の理念は放擲され、日本に「公娼制度」という、「文明国」として正面からは認められない、だが、まごうことない現実が内務省主導で作り出されたのである。[29]

注

1　山口光朔訳『大君の都』下（岩波書店、一九六二年）、一三七頁。

2　なお、ワトソンが副島に強く働きかけた背景には、個人的な感情にとどまらず、他ならぬ英国が主導していた苦力貿易（清国人契約労働者売買）が、悪名高い大西洋奴隷貿易と並び称されて奴隷制廃止論者から非難の的となってきたため、その合法性に関して容易に異議を差し挟めないような法的枠組みを作るという英国自身の目論見があったという見解もある。ダニエル・V・ボツマン「奴隷なき自由？——『解放』と苦力・遊女・賤民」、佐賀朝・吉田伸之編『シリーズ遊廓社会2　近世から近代へ』（吉川弘文館、二〇一四年）、一〇五－一〇七頁。

3　以上、森田朋子『開国と治外法権——領事裁判制度の運用とマリア・ルス号事件』（吉川弘文館、二〇〇五年）一四七－一五〇頁、一五四－一五七頁を参照。

4　下重清『〈身売り〉の日本史——人身売買から年季奉公へ』（吉川弘文館、二〇一二年）、二一五－二一七頁。

5　『太政類典』第二編、産業一七、第一六八巻。

6　陸奥の八月一三日付書簡に、「〔前略〕近時司法省天下ニ魁シテ此事ヲ建議シ正院其議大蔵本省ニ降シテ更ニ下問スルニ実際可行ノ順序ヲ以テス、是ニ於テ僕無似本省大輔ノ命ヲ奉シ〔中略〕其建言ヲ草シ〔後略〕」とある。松延眞介「「芸娼妓解放」と陸奥宗光」、『仏教大学総合研究所紀要』第九号、二〇〇二年。

7　森田前掲書、一七七－一七八頁。

8　牧英正『人身売買』（岩波書店、一九七一年）、一八二－一八三頁。

9　大日方純夫「日本近代国家の成立と売娼問題——東京府下の動向を中心として——」、『東京都立商科短期大学研究論叢』第三九号、一九八九年。同論文を収めた同『日本近代国家の成立と警察』（校倉書房、一九九二年）、二八〇－二八一頁。

10　同前、二八四－二八五頁。

なお、同じ九月五日には大蔵省が、税は上納に及ばない（地方行政に入れてよい）、新規営業・補充は禁止する等を指示する大蔵省布達（第一二七号）を各県に出している。

11　一八七三（明治六）年一〇月二五日、板垣退助・副島種臣・江藤新平・後藤象二郎の辞表が受理

され、かわって、伊藤博文と勝海舟が参議に就任した。

12 『芸娼妓取締』明治六年七年、東京都公文書館蔵。

13 早川紀代『近代天皇制国家とジェンダー――成立期のひとつのロジック』(青木書店、一九九八年)「第五章　近代公娼制の成立過程――東京府を中心に――」、一九八―二〇一頁。

14 人見佐知子『近代公娼制度の社会史的研究』(日本経済評論社、二〇一五年)、九三頁以下。

15 同前、一〇二頁以下。

16 同前、一〇四頁。

17 同前、九七頁。

18 藤目ゆき『性の政治学――公娼制・堕胎罪体制から売春保護法・優生保護法体制へ』(不二出版、一九九七年)、九〇頁。

19 この内務省達の特徴は「梅毒の禍根はもっぱら娼婦売淫に起因する、と決つけていることで、この考えにより、わが国の性病予防が娼妓を対象に進められていくことになる」。山本俊一『梅毒からエイズへ――売春と性病の日本近代史』(朝倉書店、一九九四年)、四四頁。ちなみに、以後もこうした考え(公娼〔さらに私娼〕を、性病の感染源と特定して、性病検査のターゲットにする)に固執したため、国民全体を対象にした性病予防策という方向に遅々として進まなかった。

20 なお、公娼制廃止をめざす『婦人新報』第一号(一八九五年二月)には、いわゆる「からゆきさん」に関して、インド、ホンコン、シンガポール等で日本女性に需要がある主な理由は、(インドや中国の女性は、英国議会が検査の強制を禁止したこと、さらに、伝染病条例〔伝染病法〕を英属諸国を通して全廃するように命じたことを知っているから、検査を拒否するが)日本女性は従順で、命じられるままに検査を受けること、また、本国で検査に慣れていることがある、という英国からの書簡が掲載されている。前掲拙著『近代日本　公娼制の政治過程』、四六頁。

21　大日方前掲書、二九二―二九三頁。

22　早川前掲書、二〇四頁。

23　『太政類典』第二編、刑律一、第三四五巻。

24　中原英典「明治九年第一号布告の成立事情」、『手塚豊教授退職記念論文集』、慶応通信、一九七七年。同論文を収めた同『明治警察史論集』（良書普及会、一九八一年）、一〇九頁。

25　早川前掲書二〇五―二〇六頁を参照。

26　毛利敏彦『江藤新平――急進的改革者の悲劇』（増訂版。中央公論新社、一九九七年）、二〇九頁。

27　藤目前掲書、九四頁。

28　台湾出兵問題をめぐる清国との交渉（一八七四年九―一〇月）に、大久保はボワソナードを伴った。

29　本章では触れることができなかったが、対琉球政策も内務省という装置の下に（「内務」として）大久保主導で行われていくのであるから、その「公娼」問題に関して同様の発想があると考えられる。なお、この点に関連して、本章は、第五章「漱石と沖縄」の4と合わせて見ていただければ幸いである。一言で言えば、この両者は、日本政府の「公娼」問題、「琉球」問題の処理を、新政府の実質的統率者である大久保利通（初代内務卿）の動きという観点から整理したものである。言い換えれば、「公娼」問題の処理と「琉球」問題の処理は地続きであるという見方を提示した。

補論2　日本の近代公娼制成立と大英帝国駐日公使パークス

1. 神戸に黴毒病院を建てる問題
2. 台湾出兵問題の交渉
3. パークスの岩倉使節団歓迎と、マリア・ルス号船長の弁護人ディキンズ
4. 廃娼（公娼制廃止）と「大逆事件」

補論1で述べたように、日本の近代的な――性病検査、本人の意思に基づく法形式などの点で――公娼制の成立には、新政府の事実上の統率者である大久保利通（初代内務卿）の意向・判断と、その（反対者を抑えつけていく）実行力の果たすところが大きい。

同時に、この大久保を支持した、大英帝国の第二代駐日公使パークス（Harry Parkes, 1828–1885）の役割も小さくないと思われる。

なお、パークスは、阿片戦争の南京条約の調印式（一八四二年）に一四歳で出て、その後、中国の英国領事館の通訳官として働き、上海領事オールコックの下で通訳官を務めた。のちに上海領事となった後、一八六五年に駐日公使に任命された。以来、一八八三（明治一六）年に駐清公使となる（翌年朝鮮駐在公使を兼任）ため日本を去るまで一八年間駐日公使を務めた人物である。[1]

1. 神戸に黴毒病院を建てる問題

すでに述べたように、横浜にならって神戸に黴毒病院を建てるようにというイギリス側からの強い要求を受けて、内務省（大久保）は、兵庫県令神田孝平に神戸に黴毒病院を建設すべしという指令を出した。ついに拒絶できなくなった神田は、内務卿伊藤（清国出張中の大久保の事実上の代行）に宛てて上申書を出して黴毒病院建設を表明する（一八七四〔明治七〕年八月三一日付）。そして、九月二七日に検黴を実施すると通達し、一〇月に福原町（福原遊廓）の「万年楼」を買い上げて、翌年二月、福原病院として開院させるのである。

2. 台湾出兵問題の交渉

他方、大久保は、台湾出兵問題の交渉のため一八七四年九月一〇日北京に到着するが、交渉は難航し、決裂寸前まで行く。つまり、清国との戦争の恐れが出てきたのである。そこへ、駐清イギリス公使ウェードが介入し、その仲介で「互換条款」（一〇月三一日）の締結にいたる。奇妙なことに、この合意は日本に極めて有利なものであった。琉球が日本領であると清国が認めたと解釈し得るのである。

ウェードによる北京での台湾出兵交渉の仲介が、神戸での黴毒病院建設という要求の実現に見込みがついた直後であることは注目してよいであろう。

英国の〝お礼〟である、などと言うつもりはないが、パークス、ウェード側からの、日本、なかでも、大久保に有利となる視線は否定できない。ウェードの介入は、無謀な台湾出兵に打って出て窮地に立たされた日本と大久保を救うものとなったのである。[2]

ただし、パークスは、ウェードの仲介の成功が外交関係の断絶後のことであっただけに喜びつつも、中国が日本に金を払ったことに非常に驚いて、「中国が侵略された上に、おめおめとお金を払うことになろうとは、思いもよらなかった」（一一月一六日付）、「日本にはそれを受ける資格がない」「もらう権利がない」（一二月一四日付）とブルック・ロバートソン宛書簡で書いている。[3][4]

他方、大久保は、撫恤銀《ぶじゅつぎん》・償金支払いと関連して、日本の台湾への出兵が「保民義挙」のためであるという論理を容認させたこと、さらに、琉球人が日本国民（「日本国属民等」）であると清国が認めたと解釈し得る文面であることから、帰国後、琉球藩「処分」に関する建議を行い、琉球併合へ乗り出すのである。（本書六七頁）

以上のように、大久保率いる日本は、パークス、ウェードをはじめとする大英帝国とまずまず良好な関係にあった。この〝持ちつ持たれつ〟の関係で、日本側ができる貢献として、軍艦や商船の寄港地、商人たちの居留地等とそこでの相対的に安全な女たちの提供は小さな問題ではなかったはずである。

3．パークスの岩倉使節団歓迎と、マリア・ルス号船長の弁護人ディキンズ

一八七二年七月に発生したマリア・ルス号事件との関係を見れば、パークスは、すでに一八七一年夏、休暇で帰国していた。そこで岩倉使節団を迎え入れ、一八七三年二月まで英国に滞在するのである。

使節団は、明治五年七月一三日（一八七二年八月一六日）アイルランドの港に寄り、翌日、英国に到

着して、四ヶ月間滞在した。そのかん、パークスは、一行の旅行にかなり随行し、地方当局から注目されたのである。[5]

『特命全権大使　米欧回覧実記』（明治一一年刊）によれば、パークスは、七月一七日、ビクトリア駅から汽車でブライトンまで同行し、そこで市長の歓迎を受けて、学校や水族館を案内した。二三日、汽車で「フラントホルト」まで同行し、翌日、大調練を見せた。

八月一日にはバッキンガム宮殿を案内した。八日は武器製造所へ案内し、一〇日には、汽車と馬車でペーコンヒルの繰練場まで同行し、皇太子を先頭とする大繰練を貴族席で観覧させた。一六日にはロンドン塔、シティーにある電信寮（電話局）、郵便館《ポストオフィス》を案内した。一七日には水晶宮を案内し、一八日には自宅での食事に招待した。

そして、二七日からは、英国政府招待のイングランド、スコットランド各地巡回に一緒に出たのである。まず、汽車でリバプールに向かう使節に同行し、市長の歓迎を受けた。エジンバラを訪れたあと、九月一五日からはさらに、岩倉具視を含む一行七人でハイランド（高地）へ登った。二一日、ニューカッスルでは、難破船の客救助のために考案された「こしかけ」に乗って、「海湾を超え」てみせた。

一行は一〇月九日夕にロンドンへ戻り、パークスは一一月二日には、ガス会社、海軍病院、軍艦器械製造場を案内した。そして、一五日の送別会に招かれて、フランスへ送り出したのである。[6]

アメリカ合衆国の次の国・英国でのこうした手厚い歓迎は、合衆国で、条約改正交渉に入れると早合点し、全権委任状がないと指摘されて日本に取りに帰り、その結果、使節団がアメリカで足止めを食い（計七ヶ月滞在）、しかも、無駄だったという大久保と伊藤の取り返しのつかない大失態に、救いの手をさしのべるものとなった。

他方、横浜のマリア・ルス号をめぐる裁判で船長の弁護人として登場したイギリス人弁護士ディキンズ（F. V. Dickins）とは、誰あろう、一八六一年から六六年まで英国海軍軍医として中国と日本で勤務し、パークスと密接な関係を持ち、のちに『パークス伝』（*The Life of Sir Harry Parkes, Sometime Her Majesty's Minister to China and Japan*, in two volumes, 1894）を著すことになる人物である。[7] ここからすると、マリア・ルス号事件に介入せよと強く迫った代理公使R・G・ワトソンの立場が、英国の意思を明確に代表しているとは言い難いであろう。

ディキンズは『パークス伝』で、この件に関して、「〔前略〕吉原（遊廓）の廃止が布告された。マリア・ルーズ号に対する訴訟の間接的な結果であった。英国代理公使ワトソン氏の依頼でこの船を抑留したのが、有名な訴訟の起因となったのである。」（一七八頁）としか述べていない。言い換えれば、驚くほど寡黙なのである。

弁護人ディキンズは、身売り奉公問題を法廷に持ち出したとはいえ、めざすところはマリア・ルス号事件への日本の不介入である。パークスの動きは明らかではないが、領事裁判権に関わる問題であるから、パークスの意を酌んでディキンズが動いた可能性も否定できない。

4. 廃娼（公娼制廃止）と「大逆事件」

以上のように、日本の公娼制成立には、オールコックの後を襲った大英帝国駐日公使パークスの役割が否定しがたい。

ただし、日本の公娼制――しかも、それは、アジア・太平洋戦争での「慰安婦」制度の土台となる――の責任は大英帝国にあると言いたいわけではない。

英国においては、強制検黴の基礎をなす伝染病法の是非が議会で激しく争われ、一八八六年に伝染病法は廃止された。

他方、日本では、（借金返済の名目で娼妓の心身を拘束する）公娼制を廃止せよという声はキリスト教徒を中心に根強くあり、一九三五年には「廃娼断行」が大きく報じられた。にもかかわらず、結局、実施されないまま、[8]中国との全面戦争に入っていくのである。

日本は、公娼制に反対する声を抑え、他方で、強力な思想統制を敷いたのである。

はじめての「大逆事件」で一九一一年に処刑された女性・管野須賀子は、とりもなおさず、『大阪新報』と『牟婁《むろ》新報』（和歌山県）で公娼制への反対を組織した新聞記者（「婦人記者」）である。[9]また、「大逆事件」に連座させられた二六人には、管野をはじめ、大石誠之助など、公娼制に反対の論陣をはった人間が少なくない。和歌山県新宮市での公娼設置（一九〇六年）をめぐって、大石は『牟婁新報』

で廃娼（「排娼」）を論じ、[10] 高木顕明《けんみょう》（浄泉寺住職、浄土真宗大谷派）、沖野岩三郎（新宮教会牧師）らは反対運動の先頭に立った。[11] 言い換えれば、日露戦争に叛旗を翻した者たちを標的にした「大逆事件」という大弾圧は、廃娼論者への威嚇をその内に含んでいたのである。

注

1　前掲『パークス伝』、高梨「解説」。なお、一八八四年三月朝鮮駐在公使を兼任するが、過労のため一年後病没する。

2　トーマス・ウェードの考えは明らかではない。ウェードは、天津での中国との講和交渉（一八六〇年）以来のパークスの古い同僚である（同前、「解説」）から、清の交渉責任者である恭親王に親身の仲介者ではなかったのであろう。

一八六〇年の英仏軍の太沽《ターク》砲台占領後の天津での講和交渉で、パークスら英仏代表一行は、交渉がほぼ妥結して帰る途中捕らえられ、北京に連行されて、拷問にかけられ、大部分が獄死した。パークスは屈せずに処刑を通告されたが、恭親王が戦況不利とみて処刑を取り消して、釈放されたのである。同前、「解説」。

ちなみに、開国に抵抗する日本との交渉においても、英仏軍による太沽砲台占領（一八五八年）の知らせを持って、「ハリス氏は急に江戸に帰り、幕閣を説いて条約に調印させた」（駐日英国公使オールコックの英国外相ラッセル宛書簡、一八六一年二月三一日付）。同前、二二五頁。

ディキンズによれば、「〔前略〕江戸政府は、米国公使タウンゼント・ハリスにおどかされて、彼の要求をのんでしまった。ホープ提督の言葉を借りれば、この抜け目のない外交官は「中国における英軍とフランス軍の最近の勝利を巧妙に利用して」(「日本関係公文書」一八六一年七月―十一月)、鎖国政策を固執すれば、結果は悲惨なものになるであろう、と将軍に警告したのである」(同前、二二一頁)、「日本が長い鎖国から脱して開国するのに伴って生じた多くの紛争は、ハリスの無分別で利己的な政策が原因であったといっても過言ではない。」(同前、二二二頁)。

3　オールコック自身によれば、天津条約の締結が一八五八年七月二七日、(英仏連合艦隊の勝利と中国の〝開国〟という)驚くべき知らせを持ったアメリカ合衆国軍艦の下田入港が同月二三日、ハリスはただちに神奈川へ向かい、その結果、ハリス到着後三日目にして懸案の条約の調印(七月二九日〔安政五年六月一九日〕)がなされたのである。前掲『大君の都』上、三一八―三一九頁。

4　パークスは、「中国が日本にお金を払って出てもらうような馬鹿なことはしてもらいたくない、と心から願っている」(七月二一日付ブルック・ロバートソン宛書簡)と書いていた。前掲『パークス伝』、一九〇頁。

5　「幸運が日本に舞い下りたが、日本にはそれを受ける資格がない。私はとても残念だ、海の向うの老大国のほうが正しいというのに、この若造の国に屈服するとは。戦争がなくて嬉しいが、びた一文もらわなくても、日本は平和を喜んだことであろう。もらう権利がないことは、日本人はよく承知している。」同前、一九〇―一九二頁。

6　前掲『パークス伝』、一七一頁。

7　田中彰校注『特命全権大使　米欧回覧実記』二(岩波書店、一九七八年)、六九、七一、八〇、九三、九五、一〇一、一〇八、一一二、一一六、二二七、二八一、三七四、三八一頁。

8　ディキンズは同書の日本篇を執筆した。なお、彼は一八九六―一九〇一年にロンドン大学事務局長を務めた。
8　前掲拙著『近代日本　公娼制の政治過程』、一〇二－一〇三頁。
9　たとえば、管野須賀子は『牟婁新報』第五六六号（一九〇六年三月三日）で、「公娼許可!!!　公娼許可!!!〔中略〕憐れむ可き貧弱なる人の子をして、公然淫を鬻《ひさ》がしめんとする。凡そ是程惨忍暴虐、言はふ様なき大罪悪、大侮辱が他にありませうか。戦捷の余栄とかで一等国に進んだとか何とか、口に文明を叫んで居る日本が公然売淫を奨励するとは、何たる矛盾でありませう、何たる痴《たわ》けさ加減でせう。」と訴えた。前掲拙著『管野スガ再考』、九三－九四頁。
10　大石誠之助は『牟婁新報』で「排娼論」を連載した（第五五七－五六三号、一九〇六年二月三日－二月二一日）。「今や我国人が世界の日本などゝ自惚れて居る時に当り、醜の又醜なる公娼制度を新設せんとするが如きは、所謂戦捷国民とやらの面汚しではあるまいかと思ふ」（二月二一日）と大石は述べた。
11　前掲拙著『管野スガ再考』、九二頁。

あとがき――〝笑えない〟漱石

漱石と満州、朝鮮については、前著『漱石の個人主義――自我、女、朝鮮』(二〇一七年)で取り組みを始め、本書はその続編にあたります。その時押し進められなかったところを展開したものです。

前著では――

漱石は、満韓旅行で衝撃を受けたようだ、連載「満韓ところ〴〵」で「旅順」について驚くほどていねいに描いている、他方、韓国については一言も描かなかった、これはいったい何故なのだろう、そうしてみると、このあとの新聞小説「門」(一九一〇年三月一日連載開始)での宗助の描き方がどうもおかしい、最後の方でいきなり宗助の動転の話になる、「彼は是程偶然な出来事を借りて、後《うしろ》から断りなしに足絡《あしがら》を掛けなければ、倒す事の出来ない程強いものとは、自分ながら任じてゐなかったのである」という説明がついているが、こういう認識が起こるのは尋常のことではないだろう、危うくあの「安井」(「女」をめぐる〝三角関係〟の相手)と鉢合わせするところだった、という事態の説明にしては大げさ過ぎないだろうか、漱石自身、「千百人のうちから撰《え》り出されなければならない程の」

あとがき―― 〝笑えない〟漱石

と言っている、ひょっとしたら、「安井」とは「安重根」を指すのではないだろうか、
――というところまでだったのです（第八章「5．平静の破綻――「安井」」）。

この時はまだ、「韓国」「朝鮮」という観点から漱石の日記や手紙にあたってはいなかったので、漱石は、京城（漢城）では妻の親戚筋にあたる「鈴木夫婦」の家に六泊もしたこと、鈴木は統監府の高官であったこと、「鈴木の穆《しずか》さん」とはその前からつきあいがあり、日記には、「鈴木の葬式」に行った「細君」が「鈴木の穆さんより二十五本入のマニラ価十五円程のものをもらつて帰る」とあること、さらに、「昨日鈴木穆来。色々朝鮮の話を聞く」「物騒な頃謁見の為め参内した模様は面白かつた」とあること、しかも、これは、時期を考えると、保護条約の強要や、統監伊藤博文が高宗に謁見して辞任を迫る頃の話であること、そして、新聞小説「それから」にある、「代助はやがて書斎へ帰つて、手紙を二三本書いた。一本は朝鮮の統監府にいる友人宛で、先達《せんだつ》て送つて呉れた高麗焼の礼状である」は、鈴木がモデルであると考えられること等はわかっていませんでした。

この「穆さん」「鈴木夫婦」は、穏やかで理性的で、漱石にとっては得難い身内です。

しかも、「穆さん」は、高価なマニラ煙草をみやげにくれたり、おそらく、韓国から高麗焼を送ってくれたりしています。じつは贅沢への嗜好もあるし、それだけの趣味もある、が、カネのない著名作家である漱石に、ささやかな贅沢を味合わせてくれる人間なのです。京城でも、新築したばかりの「立派な清潔な家」（官舎）で、漱石に、「馬を二頭持つてゐる」「日本なら男爵以上の生活」を味合わせてくれます。

ところが、この「穆さん」、じつはなかなかのくせ者であると見ることもできるのです。誠実そうな「穆さん」像からしたら意外かもしれませんが、もし、個人としてというよりも、伊藤博文率いる統監府の高官として見るならば、意外というほどのことはないと思われます。

貴人たちをささやかな贅沢で次第次第にこちら側に引きよせていくというのは、大日本帝国のお家芸ともいえるものだからです。（漱石どころか、韓国、その前の琉球、さらにいえば、その前の京都の貧乏公家に対して、〔心をつかむような〕物品攻勢をさり気なくしかけていくというのは、薩長・「関東」伝来の芸です。）

漱石は、教え子の矢野が次々あげた、韓国で横行しているあくどい手口を聞いて、「余、韓人は気の毒なりという。山県賛成。隈本も賛成。」と断乎とした口調で日記に書いています。が、「鈴木の家」に泊まってからは、唐突に、「朝鮮人を苦しめて金持となりたると同時に朝鮮人からだまされたものあり。」と書くのです。明らかに、漱石の「韓人」「朝鮮人」への同情と共感に抑制がかかったのです。

漱石は「穆さん」のことは信頼していました。が、何となく、居心地の悪い思いで帰ってきたのでしょう。そこに、帰京して十日め、「現に一ケ月前に余の靴の裏を押し付けた」（「満韓所感」）ハルビン駅のプラットフォームで、義兵（安重根）による伊藤博文狙撃事件が起こります。しかも、銃口は随行者にも向けられて、旅順でスキ焼きをご馳走してくれた「田中君」（満鉄理事）が負傷した、自分の親友・是公（満鉄総裁）は倒れかかる伊藤を抱きかかえていた、というのです。

そのうえ、安重根の裁判と三月末の処刑の後には、伊藤幸次郎（『満州日日新聞』幹部）が『安重根事件公判速記録』（満州日日新聞社刊）を送ってきます。旅順監獄に収監されて旅順で裁判にかけられた安重根は、被告人に許された最後の申し立てで、七ヶ条の条約（第三次日韓協約）は伊藤公が韓国の宮中に参内して脅迫によって締結させたものである等を訴えたのです。

漱石は、これまで、自分と他《ひと》、人間の世界を笑い飛ばしながら何とか生きてきました。ところが、ついに、〝笑えない〟ところまで来てしまったのです。

さて、次の問題は、にもかかわらず、韓国・朝鮮に関してはこのように七転八倒している漱石が、沖縄・琉球についてては作品に一言も描いておらず、ほとんど関心もない、少なくともそう見えること、そして、それは何故なのかです。

近代日本の最初の併合ともいえる琉球・沖縄に対する漱石の考え方は、画「琉球藩王図」を、「御さんどん」でしかない侍女たちを侍らせた「琉球の王様」と評した「文展と芸術」（一九一二年一〇月）まで変わっていないと言えるでしょう。

沖縄について、全くと言ってよいほど触れていないのは、そこにこだわりがあるからとも考えられます。また、一般的には、自分により近い（より深いところで内面化している）ものの方が、意識に上りにくいとも言えるでしょう。琉球・沖縄に対する無関心さ（「文展と芸術」では冷淡さ）は、漱石個人の傾向というより、漱石がそれにあたる明治第一世代が受けた刺激と教育に関係するのではないでしょうか。

また、娼妓に関しても他人事のようです。廃娼を訴える女性に揶揄的な視線を向ける一方、「身売り」という制度（人身売買と拘束下での性売買）があることは見ていません。他方、芸者には共感しますが、美しさを賞翫する「客」や世間の立ち位置から出ていないと言ってよいでしょう。

ただし、芸妓（芸者）に関しては、ようやく、その人生について考えをめぐらし始めたようです。

漱石の特徴は、「自分」へのこだわりと、「変化」ないし「進化」、つまり、「自分」というものにとことんこだわる（「私」「個人」というものの探求、「個人主義」）が、納得したら大きく変わることです。恐れやためらいの少ない、「自分」に忠実な人だと言ってもよいでしょう。とはいえ、頑固で意地っ張りです。

こういう漱石は、いつも私の傍らにいてくれる、尽きない〝悩みの種〟なのです。

二〇一八年九月

関口すみ子

索引

発表年月日
従軍行 ……………………… (1904年5月) ……………… 12, 20
吾輩は猫である（第一）…… (05年1月) ……………… 95
（第二）…… (05年2月) ……………… 13, 19
（第九）…… (06年3月) ……………… 21, 86
（第十）…… (06年4月) ……………… 21
幻影の盾 ……………………… (05年4月) ……………… 16
戦後文界の趨勢（談話）…… (05年8月) ……………… 12, 16
趣味の遺伝 …………………… (06年1月) ……………… 18, 71-73, 76
坊つちやん …………………… (06年4月) ……………… 96
草枕 ……………………………… (06年9月) ……………… 13, 16, 76, 98
二百十日 ……………………… (06年10月) …………… 15, 23
野分 ……………………………… (07年1月) ……………… 15, 22, 23, 78-80
写生文 ………………………… (07年1月) ……………… 14, 73
京に着ける夕 ………………… (07年4月) ……………… 84
文学論 ………………………… (07年5月) ……………… 16
虞美人草 ……………………… (07年6-10月) ………… 47
坑夫 ……………………………… (08年1-4月) …………… 37, 70, 78
夢十夜 ………………………… (08年7月) ……………… 18
三四郎 ………………………… (08年9-12月) ………… 15, 76, 87
それから ……………………… (09年6-10月) ………… 26, 49, 79, 98
満韓の文明、
満韓視察（談話）………… (09年10月) …………… 33
満韓ところどころ ………… (09年10-12月) ………… 19, 26-34, 36, 70, 73, 88, 89
満韓所感 ……………………… (09年11月) …………… 51
門………………………………… (10年3-6月) …………… 49, 51-53
彼岸過迄 ……………………… (12年1-4月) …………… 18
文展と芸術 …………………… (12年10月) …………… 59
行人 ……………………………… (12年12月-13年11月) … 80, 100
心………………………………… (14年4-8月) …………… 80
硝子戸の中 …………………… (15年1-2月) …………… 99
道草 ……………………………… (15年6-9月) …………… 92
点頭録 ………………………… (16年1月) ……………… 81
明暗 ……………………………… (16年5-12月) ………… 18, 54-56, 94

著者：関口すみ子（せきぐちすみこ）　Sekiguchi Sumiko

東京大学大学院法学政治学研究科博士課程修了，博士（法学），元法政大学法学部教授

著書：『御一新とジェンダー――荻生徂徠から教育勅語まで』（東京大学出版会，2005年）
『大江戸の姫さま――ペットからお輿入れまで』（角川選書，2005年）
『国民道徳とジェンダー――福沢諭吉・井上哲次郎・和辻哲郎』（東京大学出版会，2007年）
『管野スガ再考――婦人矯風会から大逆事件へ』（白澤社，2014年）
『良妻賢母主義から外れた人々――湘煙・らいてう・漱石』（みすず書房，2014年）
『近代日本　公娼制の政治過程――「新しい男」をめぐる攻防・佐々城豊寿・岸田俊子・山川菊栄』（白澤社，2016年）
『漱石の個人主義――自我、女、朝鮮』（海鳴社，2017年）
『大逆事件の法廷 ――須賀子・千代子・保子から見た秋水の行動』（仮題）2019年発行予定。

https://www.sekiguchi.website

漱石と戦争・植民地――満州、朝鮮、沖縄、そして芸娼妓

2018年12月13日　初版第１刷発行

著　者　関口すみ子
発行者　稲川博久
発行所　東方出版株式会社
〒543-0062　大阪市天王寺区逢阪2-3-2
TEL 06-6779-9571　FAX 06-6779-9573
印刷所　株式会社 国際印刷出版研究所

乱丁・落丁はお取り替え致します。
ISBN978-4-86249-353-8